KB010603

생각하며
사랑하며

생각하며
사랑하며

노희영 지음

참으로 안타까운 것은 요즈음 세상 사람들은 뭐가 그리도 궁금한지
오늘은 덮어두고 내일을 듣고, 보고, 알고자 저리도 안달하는지 이해
할 수 없다. 스스로 자신의 형편과 처지를 알고 있는 데도 매일 조석
으로 자신을 과대하게 부풀리고 확인하고, 답답해하는지 알 수 없다.
사지로 끌려가는 마지막 순간까지도 목숨만은 연명케 해달라고, 세상
을 향해 애원하고 매달리는 모습은 참으로 애처롭고 불쌍해 보인다.

생각나눔

　　　　　사람들은 '기껏 살겠다고 몸부림쳐도 겨우 백 세'인데 노령의 나이에 뭐 그리 잘났다고 청빈한 척, 남들에게 알아 달라고 주접을 떨며, 나서서 아는 척, 대단한 척, 여기저기 굴러다니며 구질구질하게 남긴 자신의 흔적들을 주저리주저리 모아 내보이며, 사람들로부터 추앙받고, 사랑받기 위하여 볼품없이 으스댄다. 마치 이것이 살아온 삶의 대가(代價)인 양, 산 몫인 것처럼 세상에 과시라도 할양 여행용 가방에 꼬리표처럼 묶어 달고 다닌다.

　어느 날 딸아이가 책상 머리맡에 앉아 컴퓨터 자판을 두들기는 내 모습을 보고 물었다.

　"아빠, 산문집을 이번에 내실 건가요?"

　"아빠가 책을 내신다면 오빠와 함께 저희들이 십시일반 출판비용을 댈게요."라고 했다. 너무나 뜻밖이라서 어리둥절했지만, 마음이 너무 고맙고, 귀하게 여겨진 나는 쾌히 수락하였다. 아마도 그들은 연로한 아빠를 생각하며 책 출간의 뜻을 꺾을 순 없지만, 쉬엄쉬엄 아름다운 생각으로 세상을 더욱 깊이 있는 눈으로 바라보고 집필하라는 사랑의 소리로 내 마음에 들렸다. 나는 아이들 말이 맞다 싶어 이번 산문집을 끝으로 앞으로 여생을 정리하는 회고록이나 수상록을 써야겠다고 마음을 정리했다. 그래서 부랴부랴 지금까지 준비해 둔 원고를 일단 정리하여 출판하기로 결정했다. 비록 원고의 내용은 미진하지만, 이제는 정말 잡다한 생각을 글로 옮기는 산문의 틀에서 벗어나 나의 심상을 솔직히 드러내야겠다는 생각을 했다.

　이번 산문집에서는 지금까지 마무리하지 못한 주제들을 뭉뚱그리어 '생각하며 사랑하며'라고 정하고 3부로 나누어, 1부는 내 삶을 통해 '나의 실상'으로 정하여 마음에 때때로 맺힌 화두를 하나씩 쏟아 내었으며, 2부는 젊은 나이에 요절한 제자의 마음이 실린 서신을 중심으로 'Curly 소영을 생각하며'라는 주제로 그녀의 청년 시절에 남긴 생각을 더듬어 보았으며, 3부는 하나님의 고난과 질고를 통하여 다시 나의 무거운 마음을 정리하며 '사순절(四旬節)의 묵상과 사랑'이라는 주제로 하나님의 마음을 묵상하고 반추하였다.

　나에게 아이들이 준비해 준 책 출판의 기회는 더할 나위 없이 참으로 고마웠다. 누가 이보다 더한 배려와 사랑을 나에게 줄 수 있을까 싶어서 그들의 따뜻하고 귀한 마음을 서슴없이 받아들여 하루라도 빨리 서둘러 출판준비를 하기로 마음을 먹었다.

　이번 산문집에서 나는 자신에 대한 실상을 이모저모 찾아보며, 사랑하는 사람들을 기리고 회고할 뿐 아니라, 때로 그리움으로 힘들게 하고, 가슴을 헤집어 아프게 하고, 혼절시킨 이들과 하나님의 깊은 사랑을 되새기며 글로 담아 냈다.

2019. 7.
봄내에서

한 우물을 파라

지금까지 나는 사는 게 무언지 확실히 모르면서 무조건 오래 살고, 모든 면에서 살만한 여유를 가지고 있으면, 세상 앞에서 떳떳하다고 여겨왔다. 언젠 세상과 작별할지 예견하지 못하면서 자신의 분신만 든든히 붙잡고, 편하고 기쁘고 즐거우면 잘 사는 것으로 생각했다. 그러나 조민하고 안쓰럽게, 젊은 나이에 이미 저승에 불시착한 모습들을 보면, 사는 게 한바탕 휩쓸고 지나가는 회오리바람 같은 현상으로 여겨졌다. 세상에 태어난 이상 자신에 걸맞게 주어진 일을 아름답게 사랑하고 감사히 여기며, 남들에게 꼴불견으로 보이지 않고, 후회 없이 살다가 떠날 때를 생각하면 나에게는 언제나 오늘이 바로 그 날이지 싶다.

세상 모든 일을 내가 하면 남들보다 낫게 뜻을 펼칠 수 있다는 아집을 버리지 못하고, 고집을 피우고 뭔가 해보려는 것은 보편적인 인간의 모습이자 세상의 흐름이다. 잘되든 못되든 자기가 하는 일만이 믿음직스럽고, 남들이 하는 일은 못마땅하고, 어설퍼 보이고, 자신만 못하다는 생각으로 일을 벌인다. 그래서 정치도 사업도 세상사 온갖 것도 자기가 해야만 될 것으로 믿고, 자신에게 올인하라고 세상을 향해 오지랖을 떤다. 도시와 골목마다 어지럽게 이리저리 얽혀 전신주에 붙어 있는 광고지와 생명 줄처럼, 늘어져 세상을 연결하고 있는 통신선과 문패처럼 붙어 있는 CCTV 카메라로 듣고 보고 감시

하는 것만으로도 가히 짐작할 수 있다. 그러나 세상을 자신의 생각과 뜻만으로 풀이 갈 수 있다고 생각하는 데에는 한계가 있고, 보이지 않는 함정들이 자리하고 있다. 도대체 다른 사람들의 생각과 사랑을 통해서 확실하게 자기 뜻을 펼 수는 없는 걸까? 꼭 자기가 나서서 보고 듣고 확인해야만 되는 건가? 문제는 바로 남들에게 미흡한 것을 자기만이 완전하게 잘 해낼 수 있다고 생각하는 협심증과 교만에서 오는 아픔이다.

  부모 밑에서 보호받고 자란 아이들은 사회에 적응하는 데에 서먹서먹하고 얽히고설킨 세상을 바라보는 마음은 늘 자신감이 없고 편치 않다. 그래서 그들은 재능을 제쳐놓고 부모 그늘 밑에 뛰어드는 경우가 적지 않다. 왜냐하면, 어렵지 않게 부모로부터 세습 받고 의지하면 세상을 어렵지 않게 극복할 수 있다고 믿기 때문이다. 사회전 분야에서 횡행하는 무분별한 세습이 바로 그런 모습이고, 상속또한 같은 맥락이다.
  하지만 내가 잘 아는 친구는 아버지가 모 기업체의 회장임에도 그뒤를 계승하지 않고 자신의 재능을 계발하여 다른 기업체, 자신의재능에 맞는 직종에서 기술사로 연구원으로 대우를 받으며 생활을하고 있다.
  그런가 하면 어떤 부모는 뒤늦게 의욕을 실현해보고자 만추의 나이에 자식들이 일구어 놓은 전문분야에 뛰어드는 경우도 있다. 몇년 후면 은퇴할 나이에 신분변화로 세상에 욕심으로 자기 뜻을 펴보겠다고 어정쩡한 모습으로 사람들과도 잘 어울리지 못하고 자기만의 울타리에서 피폐하고 폐쇄된 생활을 하는 경우를 본다. 이는 거꾸로 여태껏 살아온 세상 값도 못하고 남의 삶을 흉내 내어 실패를 맛보는 어리석은 인생의 본보기다.

각자에게는 맡겨진 사명이 있기 때문에 그에 맞춰서 사는 것이 하늘의 뜻이고 잘 사는 모습이 아닐까? 자신의 분수도 모르고 새 출발을 해 보지만, 이론과 실제는 다르다는 사실을 느지막이 깨닫는 것은 비극이다. 보기에 크고 좋아 보이고, 자신은 더 잘 수 있을 것 같다는 생각만으로 세상일에 마구잡이로 뛰어들게 되면 죽도 밥도 아닌 상황에 이른다.

"우물을 파도 한 우물을 파라."라는 속담처럼 무슨 일이든 한 가지 일을 꾸준히 해야 좋은 결과를 얻는 법이다.

또 한편, 자기가 하던 일에서 일단 뒤로 물러서면 이전에 해 오던 일에서 미련 없이 손을 떼야 하는데, 애증을 가지고 일일이 간섭하며 자기의 생각대로 지속시키려는 자세는 현실과 이상의 괴리에서 예기치 못한 어려운 문제의 복병을 만나게 한다. 일단 일사리에서 떠나면, 아쉽더라도 했던 일에 연연하지 말고 후원자로 남아 후임자가 그의 능력을 최대한 발휘할 수 있도록 기회를 주고 힘을 실어 줘야 한다. 그러나 사람들은 인맥을 형성하여 자기 생각대로 앞으로 가야 할 방향을 정하고 조언을 넘어서 강요하는 태도로 자기 일을 계속 이끌고 가려고 고집을 피운다. 이러한 사람들은 눈이 멀어 멀리 내다보지 못하는 근시안적 사고를 갖는다.

자신의 이익만 따지는 마음, 사회를 멀리 바라보지 못하는 마음, 자제력을 잃은 마음, 남을 배려하지 않는 마음, 자율성을 펴지 못하는 마음은 훗날 사람들에게 그릇 평가되고, 스스로 어려운 길로 들어서게 될 것이다. 누구라 말할 것도 없이 모두가 자신이 더 잘 알고, 잘하고, 능력자인 양, 저잣거리에 좌판을 벌이고, 님을 긁어 내리고, 비난하고, 의로운 척하지만, 알고 보면 "도긴개긴"이요, "오십보백보"이고, 그 사람이 그 사람이다. 남의 잘못은 결코 용납 못 하고, 자기가 옳다고 하면 옳고, 틀리다고 하면 틀리다는 생각, 남을 조롱하듯 업신여기는 자세는 자신을 망치고, 사회에 피해를 입히는 꼴이 된다. 일단 자리에서 물러났으면 생각과 속마음까지 털어 내야지 뒤에서 "밤 나와라, 감 나와라."라며 떠드는 것은 볼썽사납고 의식이 있는 사람이라면 할 수 없다.

노령이 되면 자신만의 삶을 찾아 사는 자력갱신이 바람직하다. 자신의 아집을 무너뜨리고, 번민하지 않고, 하늘의 순리(順理)에 따르는 마음, 남을 관용할 때 자신도 올바르게 세워나갈 수 있을 것이다. 그러기 위해 어떻게 하면 남을 힘들지 않게 할까? 남을 먼저 챙기고 욕심을 버리는 현명한 자로, 쥔 두 주먹을 펴고 세상을 힘껏 포옹하고 사랑을 나누어야 한다. 내일을 더 잘 살려고 오늘을 탐하거나 탕진하지 말고, 오늘만으로 죽으면 죽으리라는 마음으로 산다면 세상 천지에 두려울 것도, 부러울 것도 없을 것이다.

참으로 안타까운 것은 요즈음 세상 사람들은 뭐가 그리도 궁금한지 오늘은 덮어두고 내일을 듣고, 보고, 알고자 저리도 안달을 한다. 그리고 스스로 자신의 형편과 처지를 알고 있는 데도 왜 매일 조석으로 자신을 과대하게 부풀리고 확인하고, 답답해하는지 알 수 없다. 그들의 생각과 마음을 지킬 수 있는 지혜와 사랑이 소진되지 않도록 지킬 수는 없을까? 사지로 끌려가는 마지막 순간까지도 목숨만은 연명하게 해 달라고, 세상을 향해 애원하고 매달리는 인간적인 모습은 참으로 애처롭고 불쌍해 보인다.

33살의 나이에 사생애와 공생애를 마치고 십자가에서 인류의 죄를 대신 지고 고통스럽게 죽으신 예수님이며, 육신으로 참기 버거운 병고를 이기느라 끝내 자신을 병마에 조용히 맡기고 숨을 거둔 지인 김 모 교수나 펄펄 뛰고 날만큼 젊은 나이에 아쉬움도 서러움도 고통도 발치 끝으로 밀어내고 담담하게 모든 것을 품에 안고 홀로 죽어 간 제자 소영을 생각하면, 죽음은 자신이 지은 죗값이 아니라, 고귀하고 값진 하나님의 한량없는 사랑의 선물임을 새삼 느끼게 한다.

온갖 인고의 생을 살면서 인간의 죄를 가시관으로 만들어 쓰고 십자가에서 사랑의 피를 뿌리고, "이제 모든 것을 이루었다." 하며 조용히 눈을 감고 고개를 떨어트린 예수님은 인간이 느낄 수 있는 모든 인간애와 부성애와 모성애를 완성시켰다. 나는 할 수만 있다면, 지금이라도 그와 같은 죽음을 택하여 하나님의 사랑을 절실하게 느끼고 싶다.

하나님은 세상의 참 진리요, 사랑이요, 죽음에서 부활의 길을 열어주고, 예수님을 통해 인간의 참다운 실상을 보여 주었다.

죽음은 누구에게는 침묵이고 절망이지만, 한편 사랑이고, 자신의 완성이다. 나는 오늘도 변함없는 하나님의 사랑을 통해 죽음이란 바람에 흩날리는 흙과 먼지와 같은 것이 아니라, 나의 실체이고 부활의 실마리임을 안다. 인간은 세상에 부활로 투사(透寫)되어 태어났기 때문에 그 자체로 이미 귀하고 아름다운 존재이다.

비천한 인간을 살려주고, 눈동자처럼 지켜주고, 사랑의 본을 보인 예수님께 감사를 드리며, 나는 오늘도 오직 사랑의 한 우물만을 파며 하나님 시간 안에 머무르기를 간절히 원한다.

•책을 내며•
•프롤로그•
한 우물을 파라

Part 1

나의 실상

Thinking and loving

Curly 소영을 생각하며

Part 3

사순절의 묵상과 사랑

•에필로그•
사랑과 감사의 조화
•끝맺으며•
깨달음– 지혜, 사랑, 믿음, 감사,
네가 가진 게 뭐냐?, 순명, 죽음
•부록•

Part One

나의 실상

• • • •

한순간 보고 싶고, 만나고 싶고,

애타게 기다리며 눈물을 흘리고,

그리워하고 있었다면,

그것은 일찍이 깨닫지 못한 사랑의 그림자이고,

변하지 않는 그리움이고,

언제 다시 들을 수 있을지 모르는

기약 없는 사랑의 목소리이다.

소리 소문도 없이 세상을 떠났지만,

마음에 남은 그의 깨끗한 그림자가

오늘도 사무치게 그립다.

십 원짜리
동전만 한

 오늘은 나에게 특별한 날이다.

이때까지 살아온 지난날을 회상하며, 머리에 든 것도, 손에 쥐고 있는 것도, 발로 뛰며 길거리에 남긴 것도 하나씩 허공에 내팽개치고 가벼운 마음으로 세상을 바라본다. 어찌나 바쁘고 힘들었던지 나는 가슴 아픈 일들을 기억에서 모두 지우고 싶다.

오늘 새벽에 나는 누군가 길바닥에 버린 10원짜리 동전 한 개를 주워 주머니에 넣으며, 언젠가 저들처럼 내 기억의 자그마한 동전을 길바닥에 던지고 가벼운 마음으로 걸어갈 수 있을까?

나는 동전을 바지 주머니에 넣고 만지작거리며 히죽거리고 흥겹게 계속 걷는다. 나도 언젠가 동전만 한 자신을 길거리에 떨어뜨리고 누군가 주울 때 행복하고 뿌듯하게 웃을 얼굴을 헤아려 본다.

오늘 나에게 던져진 기억들, 생각들, 마음의 동전을 행운처럼 줍고 언젠가 나도 다른 사람들을 위해 길거리에 뿌릴 생각을 하면 미소가 절로 난다. 틀림없이 동전을 주운 사람은 행운을 찾은 마음으로 즐겁게 하루를 시작할 테니까.

나는 가뿐한 마음으로 길가에 뿌려진 기쁨과 행운의 동전을 찾으며 오늘 하루를 일깨운다. 어쩐지 나에게 행운을 가져다줄 것만 같이 고마운 10원짜리 동전에 감사의 기도를 드린다. 누구에게는 보잘것없는 10원짜리지만 내게는 귀한 동전 한 푼이기 때문이다.

10원은 누구에게 하찮은 것으로 취급당해 무용지물로 길바닥에 버려지지만, 10원이 모자라면 기차표를 세상에서 살 수 없는 것처럼 내 삶에서 10원만큼의 시간이 빠져나가면 현재의 나는 존재할 수 없다.

오늘이 바로 그런 날이다. 내 생일이다. 오늘 10분의 1초라도 빠져나가면 나는 존재할 수 없는 날이다.

나는 10원만 한 동전의 값을 치르기 위해 오늘 새벽을 깨웠다. 즐거운 하루, 신선한 아침, 삶의 하루가 나에게 주어졌으니 이전에 잃었을 하루의 기쁨이 샘물처럼 차오른다.

나는 아들딸을 통해서 생을 통해 잃어버릴 10원짜리 동전만 한 귀중한 생일을 되찾았음을 감사히 여기며 조용히 그들을 가슴에 품어본다. 일찍이 어느 누가 나에게 10원짜리 동전만 한 값진 시간을 진심으로 챙겨 준 적이 있었던가? 매달 자기들 살기도 힘들었을 텐데 꼬박꼬박 하나님을 향한 십일조를 드리랴, 어린 자식들을 키우랴, 별도로 우리를 위해 십의 일조와 더불어 이번에는 도서출판비용까지 더해주었으니, 그들의 마음은 하나님이 주신 사랑이요, 은혜요, 은총임을 나는 확신한다.

사랑한다. 나의 아들딸들아, 고맙다.

남들보다 부족함 없이 평탄하게 살아온 나는 노령에 들어서 길게 늘어진 세월의 그림자를 발 지우개로 조금씩 매일, 매월, 매년 아쉬움도, 그리움도, 슬픔도, 고통도 남기지 않고 거꾸로 되밟으며 지워간다. 그림자가 발밑에서 완전히 사라질 때까지.

삶을 일깨우는
소리

자정을 알리는 알람처럼 어디선가 굉음이 들린다. 어찌 들으면 덜거덩거리는 탱크 소리와 같고, 어찌 들으면 찢어질 듯 날 선 오토바이 소리와 같다. 자동차가 뒤로 후진할 때 내는 경적처럼 신경질 나게 삐삐거리고, 시간에 쫓기는 듯이 빠르게 달리는 경기용 차량의 배기관 소리가 밤의 정적을 깨우고 잠시 잠잠하더니만 다시 기계음으로 이어진다.

나는 자정 무렵부터 들리는 모든 소리는 하루를 마감하고 다시 새 날을 준비하는 소리로 듣는다. 이러한 소리는 새로운 아침의 시작을 알리는 하늘 종소리로 알고 나는 잠자리에서 슬며시 일어난다.

자정을 넘긴 시간에 들리는 소리는 아마도 뒤늦게 음식을 배달하는 오토바이의 조급한 소리이고, 아침 일찍이 신문을 배달하는 소리이고, 아파트 단지 내에서 이리저리 뒤로 이동하며 쓰레기를 치워 주기 위한 차량의 역주행을 알리는 경적 소리였다. 이러한 소음은 지역 주민의 불편한 생활을 대신 처리해 주는 소리로 아파트와 같은 공동 생활공간에서 없어서는 아니 될 파수꾼으로 주민들의 소소한 편의와 귀찮은 일을 대신 처리해 주고, 고충을 해결해주는 고마운 소리들이다.

밤늦도록 긴급환자를 우송하는 앰뷸런스(Ambulance)며, 차량들의 소음과 아침저녁으로 신경을 돋우는 층간소음과 시끄럽게 지저귀는 새소리, 바람 소리일지라도 듣다 보면 현대를 사는 우리 생활에서 없어서는 안 될 정겨운 소리들이다. 어둠을 뚫고 들리는 모든 소리는 인간의 삶을 구토하고, 위험을 알리는 생활의 필요한 소리들이다. 인간의 소리는 모두 자연의 소리와 상쇄된다. 자연과 인간은 뗄 수 없는 일체이기 때문이다. 삶의 소리는 죽음의 소리이고, 죽음의 소리는 곧 삶의 소리이고, 소리가 소멸되면 이어서 생성되고, 생성되면 상대적으로 다시 소멸되는 것처럼 소리는 자연의 유희를 쉴 새 없이 반복하여 펼친다.

세상 소리는 마치 만화경에서처럼 하나의 소리가 다르게 여러 형태로 들리는 것일 뿐이다. 사랑도, 미움도, 천사와 악마의 소리까지도 만화경에 비추이는 하나의 허상과 같이 다채로운 소리에 지나지 않는다.

심지어 상처로 고통이 따르고, 생채기로 상흔이 치료되고, 고통이 잦아들고 치유되는 것처럼 세상에는 살기 위해 죽는소리를 내고, 죽기 위해 사는 소리를 내는 것을 간과할 수 없다.

인간은 어떤 소리든 두려워하거나 슬퍼하거나 피할 수 없다. 소리는 우주를 돌아 어디선가 살아서 반드시 메아리로 되돌아오기 때문이다. 마치 쓰레기가 재활용되듯 소리에도 부활의 소리가 있고 재생의 소리가 있다.

나는 오늘도 창밖에서 들리는 소리에 잠에서 깨어나 하루의 삶에 감사한다. 생활의 경보기 역할을 하는 소리가 없으면 오히려 두렵고 걱정이 된다. 쥐죽은 듯 조용히 흐르는 정적과 적막도 필요하지만,

시끌벅적한 소음도 우리 마음을 안심시킨다.

　세상을 새롭게 열어가는 창조의 소리, 구원의 소리가 늘 우리 곁에서 꿈틀거리며 생명을 지켜 준다. 자정을 넘어 들리는 소리가 새벽을 통해 낮으로, 저녁으로, 밤으로 이어가듯 나는 세상의 소리를 숨소리로 여기고 삼키며 살아간다. 세상은 비고 아무 소리도 없으면 아쉽고 섭섭하지만, 때로는 있어서 귀찮고 싫증 나는 소리도, 신음과 고통의 소리조차도 필요하다. 그나마 있어서 때로 고맙고 즐거운 것은 소리에 충족과 결핍의 평형을 이루어 주는 삶과 자연의 법칙이 있기 때문이다. 이 법칙을 유지하는 하나님의 섭리는 인간의 좁은 머리로, 지혜로 예측하기 어렵다.

　지구 한쪽에서는 지진과 같은 활화산이 생명을 내뿜고, 다른 한쪽에서는 사화산이 음울한 정적으로 죽음을 삼킨다. 하지만 죽음을 앞두고 터지는 절망의 소리는 누구도 듣지 못하는 침묵의 소리, 사망의 소리, 지옥 불의 잿더미에서 타오르는 잿불 소리와 같다.

　시끄러운 세상에서 조용한 자연에 귀의하면 소리가 스스로 잠잠해지고 조용히 뒤로 물러설까? 권세가 있으면 허세가 있듯이 일상에서도 갑이 을을 억압하고 압제하면 갑질을 당한 을은 뒤로 돌아서서 "제깟 게 큰소리쳐도 앞으로 얼마나 위세를 부릴 거라고!"라며 역정을 내고 비위가 상해서 소리친다. 뭐 그 잘난 상판에 주접이나 떨며, 구질구질하고 고리탑탑한 것들을 공적이랍시고 문전에 너더분하게 달아 놓고, 후세 사람들로부터 존경받고, 사랑받고, 얼굴값이라도 하겠다고 하는 것이 과연 살아온 삶의 역정이고 대가(代價)인가? 반문한다.

그래도 갑질한 마음에 거리끼는 게 있었던지 "부디 내가 없는 자리에서는 뒷말을 하지 말라."라고 당부하는 안쓰러운 소리는 참으로 얼마나 괴로웠을까? 누가 들을까, 욕할까, 오해할까, 자격지심에 굳이 말도 꺼내지 못하고 스스로 바보가 되는 측은한 자들이 얼마나 많은가? 차라리 입을 다물고 있었더라면 좋았을걸, 그 한마디로 치사하고 더러운 속내만 드러냈다니 자존심이 상한다.

한 세대가 가면 다른 세대가 오듯이 이전 것은 가고, 새것이 오는 법. 포기는 빠르면 빠를수록 좋은 것. 오늘을 내일로 미루지 말고, 다른 안목으로 세상을 바라보자. 어차피 세상은 변혁되고 자신도 변화되고 가치도 바뀌는 것이니 현재에 미련을 두지 말고 단호히 생각도, 마음도, 행위도, 환경도 사랑의 소리와 감사의 소리로 바꿔 보자. 오늘은 과거의 어제가 아니고 미래의 내일이기 때문이다.

누가 어제의 나로 살기를 원하겠는가? 새로운 문명과 문화와 기술이 급속도로 도입되는 시점에서 과거에 묻혀서 하늘 천 따 지, 공자 왈 맹자 왈 하며 살고만 있을 건가? 구린내 나는 구태를 벗어버리고 다가오는 5G 세대의 소리로 꽃피워 봄이 어떨까?

아무리 미래가 화려하고 부요해도 우리에게 주어진 시간은 정해진 것인데 얼마나 좋은 세상을 앞으로 더 누리고 향유할 수 있을지…. 그런데도 보이지 않는 미래를 위해서 자신만이 세상을 새롭게 개혁하고 남이 누리지 못한 삶까지 누리기 위해 칼을 갈고, 자귀로 찍어 내고, 작두질하여 생각을 쪼개고 부수려는 것은 부질없는 인간의 졸속한 마음이다. 눈앞에 보이는 자신조차 바꾸지 못하면서 입으로, 말로 큰 소리를 내는 얼간이들이 얼마나 많은가? 참으로 인간은 세상에 순응하지 못하고 야수처럼 날뛰는 포식자이다.

나는 하루를 열어가는 소리에 귀를 기울이며 새로운 세상에 몰입하여 내 존재감을 드러내며 살고 싶다. 이것이 나의 모습이고 어렵사리 여기까지 살아왔다며, 하루를 여는 온갖 소리에 귀를 기울여 참다운 사랑의 소리로 내일을 열어가고 싶다.

사랑의 소리는 마음의 그릇이다. 아무리 채워도 넘치지 않고, 아무리 쏟아 내어도 비워지지 않는 우주 천체와 같은 그릇이다. 나는 세상의 숭고한 인간애를 일깨워 담기 위해 사랑의 그릇을 매일 깨끗이 비우고 닦는다. 사랑의 소리는 때로 요술방망이 같고 요술램프 같아서 세상의 세세한 것을 담아내고, 이웃을 밝히고, 추하고 더러운 것도 없애고 지운다. 인간은 이를 통해 자신이 성숙해지고 성장하고 믿음이 고답해지고, 거듭 태어나기 위해서이다.

나는 삶을 일깨우고 하루를 시작하면 모든 소리에 귀를 기울이고, 생명의 소리로 바꾼다. 생명의 소리는 일찍이 태초부터 주어진 우주 만물의 본질이고 시작이기 때문이다.

새해 벽두에
막힌 벽

나는 오늘도 작은 기대를 가지고 영혼을 살리는 생명력을 얻을까 싶어 매서운 바람이 휩쓰는 혹독한 추위를 뚫고 새벽길을 재촉하였다. 앞으로 올바른 정신과 건강한 육신으로 살날을 헤아리며 마음을 새롭게 다졌다. 적게 잡아도 아직 십여 년이나 남았는데 당장 오늘 앞에서 망설일 게 뭐냐 싶어 이불을 박차고 일어나서 주섬주섬 옷을 껴입고, 아내를 깨워 문밖으로 나섰다. 하지만 아직도 추운 바깥바람은 잔뜩 가슴으로 휘몰아쳤고, 집으로 돌아오는 발길에 겉도는 입속말은 한숨으로 가득 찼다. 그리고 마음에는 일그러진 사념과 실망이 가득 찼고, 병만 키웠다.

새벽부터 눈을 뜨고 의식을 찾자마자 마뜩잖은 마음의 벽에 가로막힌 말은 "간음하지 마라."였다.

올해 첫날에 나에게 주어진 첫 금언은 아무래도 감추어진 마음을 깨우치려고 하나님이 주신 말씀으로 받아들였다. 마음을 꿰뚫기라도 하듯 속까지 들여다보지 못하도록 둘둘 말아 놓은 내 생각의 돗자리를 펴고 일찍이 희미하게 잊은 마음을 열고 무언가를 깨달으라는 암시로 들렸다. 나는 한동안 섬세한 감동과 깨달음으로 주어지는 말의 의미가 무언지 긴장하여 귀를 쫑긋 세우고 싱그러운 마음으로 생각을 놓치지 않고 붙들었다.

가슴을 가로막아선 금언이 나에게 주는 의미가 무언지 몰라 마른 입술을 축이고 침을 삼켜가며 바짝 긴장하여 싱싱한 새해 주일 첫 시간에 등을 곧추세운 채 귀를 기울였다. 깔끔하게 정장 차림을 한 목사님이 앞에서 전하는 말 한 마디 한 마디는 긴장되고 박력 있게 수사학적으로 담담한 표정으로 말과 몸짓에 채찍질을 가하며 앞서 펼쳐 놓은 말에 거침새가 되지 않도록 차분하게 이어갔다. 혹시라도 맥이 중간에 끊기고 중간에 이음새를 놓칠세라 숨도 쉬지 않고 생각 키우는 온갖 어휘를 동원하여 미려하게 이어갔다. 이것은 하나의 어휘예술이었다.

음욕을 품고 생각하는 것만으로도 이미 간음이라고 강조하는 말에는 충분히 마음과 생각으로 뜻을 헤아리고도 남음이 있었다. 하지만 더 강하게 설명하고 부연하여 그간 알지 못한 아픈 마음을 쪼개고 풀어 젖혔다.

인간의 생각과 마음은 애초부터 죄악에 물들여져 음욕의 경계선을 넘나들며 더럽혀 있으니, 올 한해는 정진하여 어리석고 더러운 생각을 버리고 하나님의 말씀에 순복하는 것이 중요함을 경고하는 메시지였다.

자기의 생각과 마음은 하나님이 이미 알고 있는 것인데 누가 감히 옳고 그름을 판단할 수 있을까마는 나는 지금까지 무대 위에 세워진 꼭두각시처럼 세상을 향하여 그럴듯하게 자신을 숨기고 말하고 행하며 살아오지 않았던지 자성하고 뒤돌아본다.

듣는 이의 마음과 생각은 개의치 않고 내 생각만 줄느런히 늘어놓고, 자신을 합리화하고 정당화하며 탐욕과 음욕의 보따리를 마음에 품고 짐승적인 모습과 냄새를 남모르게 풍기지 않았던가?

소위 가식 속에서 비이성적인 성품을 드러내면 사람들로부터 지탄을 받고 손가락질을 받으며 뭇매를 맞을까 봐 미리 예견하며 피하여 살지 않았던가?

솔직히 누구도 평생 동안 한 번도 다윗같이 곁눈질하지 않고 음욕을 품어보지 않은 이가 있을까? 마음에 꼭꼭 숨기고 표현을 하지 않고, 행동으로 옮기지 않았을 뿐이지, 회개를 밥 먹듯이 하고 모르쇠로 살며, 탐욕의 삼원색 물감에 텀벙 빠져 보지 않았던가?

이런 모습에서 죄를 용서해 달라고 참회하고, 회개의 눈물을 흘리면, 마음의 짐을 벗고 인간의 본성도 깨끗해지는 것인지, '간음하지 마라'는 금언을 통해 다시 한 번 자신을 찾고 거룩한 새해를 맞기로 마음을 달랬다.

새해 벽두에 마음의 두꺼운 두 번째 벽에 마주친 하나님의 말씀은 "도둑질하지 말라."였다. 이는 물질 만능시대에 아무래도 보고 들은 것에 대한 탐욕을 끊지 못한 나에게 엄중한 경고였다. 재물에 대한 욕심이 사회와 생활에 부딪는 높다란 암벽임을 깨닫게 하는 말이었다. 평생을 살면서 재물의 유혹에 끌려보지 않은 사람이 있는가마는, 이는 남의 생각과 마음조차도 엿보지 마라, 훔쳐보지도 마라, 빼앗지 마라, 겁탈하지 마라, 자신의 마음을 더럽히지 마라, 재물욕에 무너지지 말라 함으로 마음에 구속의 덫을 씌우고 자신의 깨끗함, 떳떳함, 의연함을 드러내고자 함이 아닌가?

잘못을 가르치고, 지적하고, 용서와 관용과 배려와 이해로 문제를 풀어가는 것이 생활의 열쇠가 된다는 것쯤은 모두 안다. 도둑도 자식에게 도둑질을 가르치지 않듯이 그들의 자녀들에게 잘못되고 비틀어진 마음을 물려주지 않는다. 하지만 자신이 저지른 죄는 관대히 대하고 상대방의 잘못만을 탓하는 무리들, 죄의 크고 많음만으로 판단하고, 마음에 숨기고 보이지 않는 것들은 문제로 삼지 않고, 사회에 떠들썩하게 이슈화되는 문제만을 심판대에 세우는 잘못된 생각은 참으로 문제다. 초심은 어디에 두고, '#Me Too'로 밝혀지고 폭로되는 것만이 죄악이고, 드러나지 않고 감추고 덮어둔 것은 문제가 되지 않는다는 태도는 사회를 어렵고 힘들고 비참하고 병들게 만든다. 온통 '#Me Too'로 점철되어 학문, 문화, 예체능, 사회 전 분야, 심지어 학교에 이르기까지 예외 없는 것이 현실이다. 이런 세상에서 지금껏 살아온 우리는 현실을 뒤늦게 알고 마치 손해라도 본 것처럼, 큰 일이라도 난 것처럼 아우성이다. 빈껍데기만 장황하게 앞에 내세우고, 때에 따라서 모두 뒷북치는 '내로남불'의 전형적인 모습을 인간의 참모습으로 여기는 것이 문제다. 본심은 어디에 감춰두고 나만 겉으로 올바르면 된다는 가증스러움을 그대로 드러내는 것은 참으로 암울한 현실이다.

만약 어부가 그물에 걸린 큰 물고기는 잡고 작은 물고기는 훗날을 생각하여 놓아준다면, 세상 가치에서 잘못된 판단이겠지만, 인간이란 어떻게 살아야 부요하고 세상에 적응하며 잘 사는지 가르침을 터득하여 실천함으로 일찍이 깨닫지 못한 하나님 마음까지 사랑하고 닮아 가는 것이 우리가 자연과 세상과 소통하는 참모습이 아닐까?

큰 틀에서 남에게 잘못이 답습되는 것을 막고, 세상을 크고 많은 죄로만 판단해야 한다면, 이는 결코 용인되고 이해될 수 없다. 모든 것이 인간의 생각과 판단에 따라 무엇이 옳고 그르고, 선과 악이 되는 것인지 결정해야 한다면, 누구도 하나님의 경건한 성역에 들어갈 수 없을 것이다.

말을 전하는 자는 마치 자신이 성인군자인 것처럼 세상을 탓하지 말고, 자신이 먼저 악을 버리고 선을 좇음으로 자신을 비판하고 자탄하여 진솔한 말을 분별하고 따르는 것이 필요하다.

자성하되 남과 견주지 말고, 항상 자신의 체경에 비춰 하나님 안에서 기틀을 잡아가야 한다. 그러면 잘난 사람, 못난 사람, 잘난 척하는 사람도 별수 없이 피조물인지라, 크고 작고 보이지 않는 것과는 무관하게 빛 아래에서 죄가 확연히 드러날 것이다.

무엇보다 사람들을 감화시키고자 하려면, 직접 스스로 체험한 사실을 기반으로 사실적이고 이성적이고 논리적으로 전하도록 온 마음을 다하고, 이 빠진 말들을 찾아 틀에 바르게 끼워 넣는다면, 듣는 이로 하여금 훨씬 쉽게 진실에 가까이 다가가서 부담이 되지 않을 것이다. 그럼에도 듣는 이가 오해하고 거짓으로 듣는다고 해서 부질없이 한숨만 내쉬며 속을 끓인다 해도 마음의 무거운 짐은 결코 벗겨지지 않을 것이다. 그럴수록 더 쉽고 진지하게 마음을 다하여 가까이 다가간다면 마음의 거죽을 한 꺼풀씩 벗길 것이다.

매일 앞을 가로막는 두터운 마음의 벽을 조금씩 쪼아내고, 더러운 마음을 제하고, 욕되게 하지 말고, 옹졸하게 마음을 움츠리지 말고, 남의 것을 탐하는 마음에서 벗어나 오히려 자신의 것을 나누는 넓은 마음을 가져야 할 것이다.

너 자신을
속이지 마라

새해 벽두에 부딪힌 마음의 두꺼운 다른 벽은 곧 "너 자신을 속이지 말라."였다. 자신을 속이는 자는 자기뿐만 아니라 세상까지 경멸하고 기만하는 자이기 때문이다.

사람들은 속마음을 모조리 뒤져서라도 상대방의 마음을 사로잡는 말을 찾아 자신의 감정을 전하려고 애를 쓴다. 그래서 말 끝머리에 토를 달거나, 장황하게 자신을 설명하거나, 사이사이에 자기 생각을 끼워 넣거나, 온갖 의미를 부여하려 애를 쓴다. 하지만 그러한 구태는 오히려 자신의 진실성을 가로막고, 의미를 희석시키고, 이해의 부담을 가중시킬 뿐이다. 비록 서투르고 어눌할지라도, 처음에 깨끗하게 준비된 생각과 마음을 차분히 명료하게 표현하고, 말 사이에 생각의 쉼표를 끼워둠으로써 듣는 이로 하여금 마음의 부담을 덜고 말의 진미를 맛보도록 하면 좋을 것이다.

구차하게 말을 번복하여 진정성을 희석시키고, 말의 맛을 잃는 것을 비롯하여 자신의 진정성을 성토하듯이 비뚜로 엇나간 말을 애써 고치고, 꿰매고, 땜질하고 어설프게 본말을 어지럽히는 것은 말의 본질에서 벗어난다. 이로써 듣는 자를 자기의 입맛대로 이끌려는 시도는 어리석음의 극치이다. 차라리 처음부터 진정성 있게 또렷한 말과 글로 누구나 인정하고 수긍할 수 있도록 마음의 문을 여는 것이 바람직하다. 구차하게 일상적인 것을 자신의 소신이나 생각인 것처럼 미려하게 꾸미거나 인정토록 유도하고, 꾸어온 말뭉치들을 쓸데없이 더하여 이해시키려는 말투보다, 깔끔하고 단순한 어투가 듣는 이의 마음의 빗장을 활짝 열 수 있다.

본디 아이크림콘의 달콤한 맛에 미혹되면, 쉬지 않고 콘 머리 위에 또 아이스크림 볼을 쌓아 올리고, 흘러 녹아내리는 크림을 혀로 핥으며 과거의 달콤한 추억처럼 쉴 새 없이 입안에 생각을 흡입하는 것이 인간의 자연스러운 모습이다. 이때 콘의 달콤함에 홀리어 마음을 빼앗기고 맛에 놀아난다면 이것이 곧 자신을 속이는 것이다.

마치 누구나 말을 하다 보면 입맛에 맞는 자기중심으로 이야기하기 쉽다. 사람들은 남을 설득시키려고 본말이 전도되어 자기 나름대로 이해하는 방향과 방법을 정해 놓고 듣도록 말을 유도하는데, 이것은 진실한 본래의 마음이 아니고, 자신을 속이는 자세이다.

나는 오늘도 아침 창가에서 뿌옇게 안개처럼 낀 창문을 살며시 밀어젖히고 창틈 사이로 나만의 지난 이야기를 마음으로 한 점 꾹 찍는다. 그리고 나머지 기억과 생각을 손바닥으로 문질러 흔적을 지우며 갖바치처럼 발바닥이 닳아버린 생각을 깁고 한 땀 한 땀 꿰맨다. 이것이 마치 오늘 하루 내가 누리는 삶의 참된 기쁨이고 나에 대한 사랑인 것처럼.

요즈음 나는 마음에 고이 쌓아 둔 기억 보자기를 풀고 속에 들어 있는 이야기들을 허물없이 누구에게든지 애잔히 나눌 수 있어서 참 좋다. 일일이 얼굴을 대하지 않고, 찡그리지 않고, 거리낌 없이, 넓은 공간 어디서든 편하게 생각을 읽고 마음을 나눌 수 있어서 좋다. 이것은 이날 이때까지 살아남은 인간의 가치와 의미로 '나'에게 주어진 문화와 기술이 베풀어 준 혜택으로 편리함과 기쁨이지 싶다.

　나는 오늘 아주 멀찍이 오래전에 알고 인사를 나누던 지인 전종률 권사로부터 귀한 이민아의 '영성 고백'인 『땅에서 하늘처럼』을 우편으로 받았다. 그리고 책갈피 카드에서 그의 안부를 전해 듣고 지난날의 나를 짧게 기억하고 있음에 감사하고 마음이 흐뭇했다. 꼭 얼굴을 마주하고 희멀거니 앉아서 지난날을 나누고, 기쁨을 맛보는 것만이 진미가 아니라, 오랫동안 마음에서 옮아내지 못한 추억 속에서 그가 누구였는지 육필을 통해 기억의 기쁨을 맛보며 마음의 설레고 두근거림으로 잊었던 그의 마음을 느끼는 것은 행복이었다. 나는 내가 그의 기억에 어떤 모습으로 남아 있는지 궁금했다. 책갈피에 꽂힌 한 장의 카드에 보일 듯이 담긴 그의 엷은 미소가 삶의 힘을 느끼게 하고 기쁨으로 다가왔다. 마치 속이 투명한 커튼 속에서 울리는 마음의 음색과 번개와 지진파처럼 가슴을 타고 뇌리와 눈꺼풀 사이에 끼어들어 생각이 전율처럼 느껴지고, 사랑의 소리로 들렸다. 이것은 거짓이 없는 순수한 마음이었다.

　현대인이라면 누구나 문명을 누리는 기쁨의 소리나, 얼굴 모습에서 그리운 미소를 느낀다. 어디서나 원하면 듣고 보지만, 점차로 대면하기 어려운 미래에 모든 것을 자율에 맡기고, 언제든지 생활의 속박에서 벗어나 바깥세상에 나래를 펴고, 너와 내가 원하는 목적지에 다다를 수 있기 때문이다. 이 틈바구니에서 들여다보이는 세상은 하나뿐, 너와 나 사이에 마음도 생각도 따로 없다. 다만 개성을 잃은 것이 앞으로 살아남기 위해 가치가 있는 문명과 기술의 혜택이라고 착각할 뿐이다. 나에게 남은 인간애는 점점 쇠퇴하고 희미해지고 메마른 누런 줄기에 매달린 늙은 호박처럼 세상을 뒹굴뒹굴 굴러다니는 인지력과 지각력과 생명력으로 깃춘 머리통뿐이다. 나는 그동안 자신을 '나'라는 테두리에 가두고 겉으로 나타나는 '나'라는 착시현상에 함몰되어 기뻐하고 즐기며 세상을 사랑하였다.

갑자기 나는 추운 겨울바람에 떨며 이불을 뒤집어쓰고 냉골 윗목에 쭈그리고 앉아 있는 사람들을 불쌍히 여기며 '나'로 살고 있음에 감사하는 환각에 빠져든다. 현실은 기적이라서 경외하고, 감사해야 한다며 나는 내 거짓된 삶의 한몫을 치른다.

아무튼 더 이상 나를 자책하거나 자학하지 않고, 세상을 있는 그대로 바라보고 사랑하며 세상의 훌륭한 걸작으로 여기고 순수하게 포용하는 것이 나를 지키는 솔직함이다.

하지만 마음을 육신에 싸매어 세상에 덮어두는 것은 자신을 쇠진시키고, 타락시키는 지름길이다. 자신을 깨끗하게 비우고 격식 없이 겸손하게 낮추는 것만이 자신을 속이지 않는 최선의 모습이 아닐까?

"너 자신을 속이지 말라."라는 무거운 마음에 부딪힌 나는 새해 벽두에 이불 속에 얼굴을 숨기고 밖을 내다본다. 지난 한 해에도 역시 마음의 벽에는 "너 자신을 속이지 말라."라는 말에 걸맞지 않게 크게 긁힌 마음의 상처가 곳곳에 많이 남아 있었다. 때문에 앞으로 세상에 좀 더 솔직하게 다가가 극복하지 못한 마음의 벽을 무너트리고, 교만과 오만으로 가득 찬 자신을 '솔직함'에 가까이 다가갈 수 있도록 노력해야겠다.

듣는 말,
보는 말

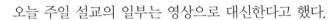

　　오늘 주일 설교의 일부는 영상으로 대신한다고 했다.

　처음에 나는 영상 설교의 일부분을 소리로 묵상하고자 눈을 지그시 감았다. 그러나 공허하게 한참 시간만 흘렀다. 아무런 소리도 들리지 않았기 때문에 밖에서 무슨 일이 일어났나 싶어 실눈을 뜨고 전면에 있는 화면을 실폈다. 영상에는 소리도, 그림도 없이 오로지 글자만 화면 위로 밀려 오르며 내용이 바뀌고 있었다. 소리 없는 자막을 보고 눈으로 읽을 수 있는 사람은 듣는 말 대신에 보이는 글로 묵상하라는 것이었다. 소리도 없었고, 화면을 드문드문 메운 자막만이 전부였다.

　오늘 영상 설교는 앞 못 보는 자에게는 아무 소용이 없었다. 소리도 없는 영상 설교는 묵묵부답으로 일관하였다. 때문에 눈을 감고 숨을 깊이 들이켜며 혼자 묵상하려는 나에겐 실망이었고, 감흥(感興)이란 있을 수 없었다. 전하는 말에는 보고 듣지 못하는 자막이 아니라, 의미가 잔잔히 담긴 소리와 물결같이 흐르는 영상이 필요했다. 듣지 못하는 자에게는 들을 귀를, 보지 못하는 자에게는 볼 눈을 열어 주어야 했다. 맹인에게 보여줘야 할 것은 적어도 들을 만한 귀와 마음을, 귀머거리에게는 귀와 눈을 대신할 수 있는 눈과 마음을 줘야 하고, 말 못하는 벙어리에게는 본 것을 전할 수 있는 손짓 몸짓과 같은 수화와 얼굴 표정이 주어져야 했다.

말과 글에는 보고 듣는 생각도 마음도 들어 있는 법이다. 때문에 상대방이 이해하든 말든, 듣든 보든 개의치 않는 태도는 교만이다. 그 앞에는 어떤 말도 글도 생각도 마음도 드러나지 않기 때문이다.

가끔 우리는 진지한 말 가운데 불필요한 익살이나 풍자적인 유머를 통해 잠시 분위기를 전환하거나, 사고의 중심을 다른 곳으로 돌리기 위해 되지도 않는 우스갯소리를 이끌어 내지만, 이는 천박할 뿐 바람직한 태도가 아니다. 게다가 말을 강조하기 위해 같은 말을 중구난방으로 번복하거나, 아름다운 우리말이 있음에도 이해하지 못하는 어색한 외국어를 남발하거나, 외래어 원어만으로 뜻을 온전히 전할 수 있음에도 굳이 어설프게 번역하여 말의 뜻을 왜곡하거나, 줄임말로 혼선을 빚어 잘못 전하는 경우는 없어야 한다. 전하는 말에서 흔히 그런 경우를 접하게 되면, 마음은 빈들처럼 황량해지고, 은근히 화가 치밀고, 가슴이 답답해진다.

사람들은 말을 통해서 듣지 못하는 자도, 보지 못하는 자도, 이해하지 못하는 자도, 듣고 보고 넉넉히 이해할 수 있도록 상황을 설명하고 변화시키는 마음의 통로를 항상 열어 두어야 한다. 무조건 큰 소리를 지르거나, 스스로 무슨 말을 하는지도 모르는 소리를 내질러 마치 접신이라도 하듯이 손가락질을 하고, 주먹을 들고, 자신의 과거 허물과 욕구와 분노를 터트리고, 일찍이 마음에 응어리진 말꼬투리를 붙들고 타박하거나 비판하고 강요할 게 아니라, 그럴수록 조용히 침잠하는 가운데 은밀히 하나님과 영적으로 만나서 마음을 열고 교감하며, 호흡을 같이하고, 자신을 솔직하게 내려놓는 사랑의 표현이 있어야 한다.

특히 큰 소리로 자기가 평소에 억눌러둔 생각을 감정에 실어서 마음을 표출하거나, 평상시 가지고 있는 억하심정으로 타박하는 것은 한풀이처럼 들린다. 전하는 말은 쉽게 이해하고 설득시키기 위해 애정과 인내를 가지고 진지하게 시원하게 풀어헤쳐야 한다.

말이란 단지 귀로 듣고, 마음으로 깨달아 끝내는 것이 아니라, 영적으로도 깨우침을 갖도록 정화시켜야 한다. 때문에 말에는 감동이 있고, 기쁨이 솟고, 때로는 눈물이 있고, 영감과 회개가 따라야 한다. 누구에게나 말에는 사랑이 넘치고, 공감과 이해가 흐르는 수로가 있고, 싱그러운 열매의 싹을 틔우는 씨앗이 심겨 있어야 한다.

그러나 말 속에 뼈를 깎는 아픔을 두어서는 안 된다. 말에는 소통의 장애물이 가로 놓여 마음에 불편을 끼쳐서도 안 된다. 마음에 쌓인 오해와 막힌 가슴을 뚫고, 거리낌 없이 가볍게 듣고 동감하는 기쁨이 있어야 한다. 그런즉, 말이 주축이 되는 대화 중에 공연히 남의 흠을 잡거나 아픔을 주고, 생각을 혼탁하게 뒤흔들어서는 안 된다. 아무리 좋은 말이라 해도 불필요하게 가공하여 짜증 나게 하면 마음에 병이 되고, 독이 되어 불안의 쓴 뿌리를 내린다. 때문에 깔끔하고 매끈한 말 한마디가 심상에 맺히도록 해야 한다.

말끝마다 웃음을 주거나 재미를 느끼도록 해야 한다는 편견에서 특이한 어투만이 마음에 각인되는 것으로 오인하여 희화화하는 경우도 문제이다. 말은 의미가 선명하고 깊이가 있으면 뇌리에서 쉽게 지워지지 않고 오래 머무는 법이다. 아무리 가벼운 우스갯소리나 그럴듯한 예화로 분위기를 반전시킨다 해도 한바탕 웃고 넘기는 잡담 이상도 이하도 아니다. 말이 곧 잊히고 속마음을 든든히 채우지 못한다면 아무런 의미가 없다. 때문에 감동을 주고 듣는 말과 소리와 글을 통해 마음을 정화시기고 깨달음을 얻어 삶의 애환의 틈을 찾아 아름다운 날을 열도록 마름질해야 한다.

나는 오늘이 소리가 메아리처럼 은은하게 울려 퍼지고, 온정으로 오랫동안 마음에 머무는 말들로 연연히 이어가길 소망한다.

인간은 속과 밖이 들여다보이는 하나의 진열창을 통해서 영체와 생체가 나뉘는 것일 뿐이다. 나는 그 안에서 나를 찾고 세상 사람들과 구별 없이 새로운 삶을 이루어 영성을 이어가고자 한다. 그런즉, 누구나 이미 예정된 사후의 길을 걷기 위해서 오늘도 자신의 영혼과 육신을 나누는 말의 벽이 하나가 되는 통관(通觀)의 길을 걷고자 한다.

이제 나는 들리지 않는 말과 보이지 않는 글에 연연하지 않고 살아 있는 생명의 뿌리를 찾는다. 갈수록 갈등이 심화되고 자신만 내세우는 각박하고 메마른 세상을 떨쳐버리고, 사랑과 믿음만이 최고의 선으로 여겨지는 세상을 간절히 소망한다. 한 줌의 재만도 못한 자신이 오로지 들리는 말과 보이는 말에 기생하여 살아가는 생명체로 남지 않기를 바란다.

나의
실상(實狀)

세상에서 좋고, 싫고, 사랑하고, 밉고, 기쁘고, 즐겁고, 화나고, 짜증 나고, 아프고, 괴로울 때는 언제이고, 마음이 시들시들 수그러들 때는 언제인가?

믿음도, 신뢰도 잃고, 미련도 아쉬움도 없고, 그리움도, 희망도 사라지고, 절망만 있고, 심상(心想)이 광야의 마른풀같이 굴러다니는 경우는 언제인가? 무념무상의 때인가, 삶이 온전히 진부해진 때인가, 소망이 없는 절망의 때인가?

병들어 고통받고, 치유되고, 고뇌로부터 자유하고, 끝이 보이지 않는 기다림에서 모든 것을 잊고 싶을 때는 언제인가?

생약의 약효는 얼마나 긴 인고의 세월을 통하여 얻어지는 것인가? 이에 대한 비법은 인간의 얄팍한 체질과 지혜로 우연히 얻어지는 것인가, 하나님이 내린 영험인가? 인간의 반복되는 실패와 실험과 경험을 통한 결과로 얻어진 열매인가?

쑥이 최고의 약효를 얻기 위해 삼 년을 말리고 숙성시켜야 한다는데, 이 지혜는 누구로부터 어떻게 전수된 것인가? 어쩌다가 인간의 체험으로 얻어진 건가?

자연도, 인간의 섭리도 알고 보면 모두 신비롭고 오묘하다. 하지만 삶의 비방(祕方)이라는 것들은 자연에서 재발견, 재생산된 것이고, 불안과 걱정과 위기를 통하여 터질 듯한 불구덩이에서 달구어지고, 연마되고, 변형되어 완성되고, 틈과 구멍이 벌어질 때에 파괴된다. 그 간극이 막히고, 부식되어 틈새가 넓혀지고, 지반이 내려앉아 길이 막히고, 수로가 넘치고, 도로를 휩쓸고, 다릿목이 떠내려가고, 하늘에 구멍이 뚫리고, 천둥 번개가 잠시도 쉴 겨를이 없고, 가슴은 칼로 도려내듯 아리고, 정체된 마음은 개울 웅덩이처럼 썩어 벌레가 들끓어 회복은 요원하고, 불행과 절망과 두려움을 재료 삼아 하루하루 도마질하며 감칠맛 나게 요리되어 가는 것이 인간다운 고달픈 삶이 아닌가?

인간은 때로 남은 시간을 찬물에 말아 후드득 마시고, 내일을 준비하기 위하여 오늘을 빼앗아 부수고, 무너트리고, 영원히 설 수 없는 나락에 떨어뜨리고, 헤어나지 못할 구렁텅이에 빠트린다.

하나님은 어느 때부터인가 인간의 삶과 죽음을 오랏줄에 결박하여 놓았으니, 벗어날 수 있는 길이란 오로지

영특하고 선하고 참되고 진실 된 길,
신실한 믿음으로 긍정적인 사랑을 베푸는 길,
거짓되고 부정적인 악행을 선도(善導)하는 길,
외부세계의 꿈을 마음속에서 발현시키는 길이다.

나는 세상의 좁다란 틈새기에 끼어 어정쩡하게 한쪽으로 기울어 입맛에 맞도록 대충 사는 얼치기로, 아름다운 세상을 즐기고 사랑하는 삶의 한가운데 서서 우두커니 세상 눈치나 보는 중간치기배나 다

름이 없다.

모두들 참과 거짓, 선과 악을 따지지만, 나는 현실과 목적의 뚜렷한 옳고 그름은 보지 못하고 사리분별 없이 헛되이 세상을 배회하고 맴돌기 때문에 자신이 측은하고 애잔해 보이기까지 한다. 가야 할 길, 보이는 길은 빤한데 머뭇거리며 갈 길을 정하지 못하는 모습이 나의 실상이다.

속이 텁텁하고 답답하여 터질 것 같을 땐 고함치며 울부짖어 속을 비우고, 먹은 음식물을 토해낸다. 그리고 때로는 가증스럽고, 참을 수 없는 오욕(五慾: 재물욕, 색욕, 식욕, 명욕, 수면욕)에 빠진다. 돌이켜 생각해 보면 오욕은 연약한 인간이 죄악들이 들끓는 소굴에서 살아남기 위해서 언제든지 필요로 하는 삶의 양식과 영양소나 다름없다. 더러운 자신의 마음과 생각을 쏟아 내고, 새로운 것들로 지속적으로 바꿔가기 위한 모멘트이다.

나는 오늘 아침 밝아오는 동천의 여명을 바라보며, 연정의 마음으로 눈시울을 붉히며 세상을 묵시한다. 그리고 긴 여로에 지친 몸을 위로하고 나에게 주어진 모든 일에 하나님께 감사한다.

나에게 믿음을 주시고, 생활과 건강을 주시고, 가정을 주시고, 사랑하는 마음으로 자녀들과 자신에게 생활의 넉넉한 꿈을 심어 주시고, 하루하루 힘들지 않게 눈동자처럼 지켜 주심에 하나님께 감사를 드린다.

어느덧 세상은 검고 두툼한 겨울옷을 벗어 버리고, 가벼운 봄빛으로 갈아입고 부스스 얼굴을 내민다. 연초록빛 봄기운을 가까이 느끼며, 가슴을 펴고 봄을 향하여 뚜벅뚜벅 걸음을 내디딘다. 나는 세상을 향해 밝은 빛으로 고개를 들고 오늘도 잊을 수 없는 사람들을 그리워하며 다소곳하게 걷는다.

나는 여전히
그 자리에

나는 아내와 함께 새해에도 가정 예배서 '하늘양식'을 펴들고, 생활의 통로가 된 '아침상 차림의 시간'을 잊지 않고 이어간다.

아침상 차림은 매주 화요일과 금요일마다 새벽기도가 끝나는 시간에 맞춰서 준비하는 것으로 내가 직접 하는 것이 아니라, 아내를 대신하여 맥 카페에서 머핀으로 준비하는 것이다. 이러한 상차림은 비록 내가 생색내는 것으로 시작했지만 나와 아내가 마지막까지 지켜야 할 계명처럼 빼어 든 생활의 칼로, 서로 지키기로 암묵적으로 약속하고 다짐한 생활의 한 패턴이다.

전날에 마음이 상하고 못된 성깔이 머리끝까지 가득 쌓여 있어도 새벽기도를 드리고 집에 돌아오면 아침에 '생명양식'을 펼치는 순간, 모든 것을 잊고 우리는 눈을 아래로 떨어트린 채 마치 선한 양처럼 오늘 주어진 '하늘양식'을 소리 내어 읽고 묵상한다. 그리고 서로 마주하고 앉아서 믿음의 기도를 드리고, 천사처럼 곱고 여린 목소리로 자녀와 우리들을 위해, 오늘 하루의 일과를 헤아리며 오손도손 나눈다. 그리고 필요에 따라 빵이나 죽으로 아침 밥상을 챙긴다. 이럴 때마다 굶주리는 사람들을 생각하며, 아침상을 차려 먹고, 먹을 수 있는 은혜를 주신 하나님께 감사를 드린다. 빵과 커피를 식탁 앞에 두고 한결같은 하나님의 사랑을 느낄 때, 이것이 올 한해에도 우리가 받아야 할 사랑의 징표로 삼고 마음의 심오한 소리를 새겨듣는다.

거적때기 육신으로 덮여 있는 우리 영혼을 한 겹씩 모두 벗겨가는 순간까지 거침없이 자유롭고 평안하길 원하며, 오늘도 하나님이 인도하는 거룩한 감사와 기적이 가득한 귀향길을 소망한다.

나는 새벽길을 걸으며 거리에 오가는 사람들을 곁눈질로 살피고, 지난밤에 거리에 널려진 쓰레기와 쇼윈도에 비추인 자신과 어른거리는 생명의 그림자를 바라본다. 나는 때로 머리를 들어 하늘에 자유롭게 떠다니는 검은 구름조각들을 올려다보고, 고개를 숙여 땅바닥에서 계속 머리를 아래위로 꺼덕이며, 열심히 모이를 용케 찾아 쪼아대는 비둘기를 호기심 찬 눈빛으로 바라보며 나는 오늘도 자괴감에서 벗어나 거리의 군중 속에서 '나'를 찾는다. 하지만 왠지 있어야 할 나는 보이지 않고 어깻죽지를 늘어트린 채 어슬렁거리는 허기진 삶의 그림자만 보이니 웬일인가?

세상 어느 구석에도 나를 알아주는 이도, 내가 아는 이도 없다.

내가 스쳐 간 군중 안에도, 내가 살아온 암울한 회색 도시에서도, 굉음을 내며 달리는 전철 안에서도 나를 알아보고, 내가 아는 얼굴은 보이지 않는다. 나를 향해 고개를 숙여 인사하거나, 손을 흔들어 보이거나, 마음에 투영된 얼굴을 알아보는 이도 없다. 나는 유기된 개나 고양이처럼 음습한 구석으로, 사람들의 눈을 피해 차량 밑으로, 후미진 뒤안길 풀숲으로 몸을 숨기고 세상을 두려움으로 눈치 살피며 살며시 내다본다.

아침저녁으로 활보하는 대로에서도, 좁다란 골목길에서도, 북적대고 웅성거리는 장터에서도, 버스 터미널이나 전철역 광장에서도, 동네 슈퍼나 대형 마트 어디서도 나를 알아보는 사람, 내가 아는 사람을 만날 수가 없다. 모두 어디로 숨어들었지? 사람들이 북적대는 극장가에도, 줄을 지어 서 있는 커피숍에서도, 음식점에서도, 집회장에서도 진정으로 웃음을 띤 얼굴로 나를 알아보는 이는 찾을 수가 없다. 설령 아는 사람이 스쳐 지나가도 먼저 알아주지 않으면 모른 척 지나치기 일쑤다. 나의 젊었을 때의 친숙한 얼굴이 너무 늙어 버린 탓일까, 아니면 아는 것 자체가 귀찮게 여겨지기 때문일까? 이것은 살기 띤 삶의 흉측한 모습이다. 설마 천국에서도 모든 게 귀찮다고 모른 척하고 지나칠까?

요즈음 같으면 사람들은 눈을 뜨고 보고 싶은 것도, 귀를 열고 듣고 싶은 것도, 입을 벌려 말하고 싶은 것도 될 수 있으면 참고 견딘다. 세상은 나를 향해 끊임없이 말하고 생각하도록 하고, 보고 들으라고 역정을 내지만, 만사가 성가시고 귀찮으면 비위를 일일이 맞출 수가 없기 때문이다.

세상 사람들은 혼자서도 잘 지낼 수 있다. 말이 없어도 이어폰을 귀에 꽂고 혼자 말할 수 있고, 안내자 없이도 GPS의 도움으로 길을 잃지 않고 찾을 수 있다. 쉬지 않고 나를 향해 눈을 돌리고, 귀를 열도록 유혹하며 지저귀는 잡새들이 유튜브(Ú-tùbe)나, SNS나 방송 매체를 타고 들끓기 때문이다. 그래야 현실에 적응하며 사는 몫을 한다고 믿기 때문이다.

"왜 그럴까?"

나는 남에게 조금이라도 해가 되고, 오해를 사고, 잘못되고 허탄한 일을 당하면 주눅이 들고, 상처 난 마음을 싸매지 못해서 그 안에 함몰되어 정신을 차리지 못한다. 혹여나 작은 흠이라도 책잡히면 무너질 것 같아 몸을 가누지 못한다. 무엇이 잘못됐는지 복기하거나 돌이켜 볼 겨를도 없이 남에게 시천거리로 끌려다니다가 잃어버린 시간을 찾느라 속이 부글부글 끓고 부아가 머리끝까지 치밀어 오른다.

사람들은 선하고 친절한 마음으로 대하는 사람을 당연히 관대하고 친절하다고 믿는 것이 착한 세상 이치다. 누구에게나 먼저 친절하게 대하면 상대방도 친절해 버릴 것으로 당연히 믿으나 그러한 처지에 미치지 못한 자신은 어리석고, 비굴하고, 보잘것없고, 미천한 것으로 생각된다.

도대체 세상은 무슨 큰 잘못을 졌기에 선을 악으로 갚아야 하고, 왜 자신이 베푼 보응이나 용서, 관용을 인정받지 못하고 상처에 소금을 뿌리고, 입에 담아낼 수 없는 소리로 악을 쓰며 따지는가? 무슨 말이든 입 밖으로 쏟아 내야 인정받고 속이 후련한 세상. 때로 우리는 베푼 만큼 되받지 못하는 것에 억울해하고 속상해한다. 어쩌면 그것이 세상의 당연한 길인 것처럼 우리는 늘 세상의 원리원칙에 따라 살기를 원하지만, 결코 생각하는 만큼 관용되고 용인되지 않는다. 다만 우리는 바보오늘로 한 가지 일에 집착하여 잃어버린 시간과 꿈을 맡기고 산다.

세상 사람들은 생각을 가볍게 말하고 행하지만, 생활의 교본으로 삼지 않는다. 내가 받은 가르침은 세대를 본받지 말고, 혀끝으로만 사랑하지 말고, 진실함으로 사랑하자고 입이 마르고 닳도록 떠들어대지만, 아무런 소용도 없다.

모든 일에는 기한이 있고, 때가 있기 때문에 오늘 일을 차일피일 미루면, 생명은 그만큼 줄어들고, 삶의 폭은 좁아진다.

하지만 주어진 오늘을 피하지 말자. 이것이 오늘을 이기는 비결이다. 우리는 사는 동안 여전히 흔들리지 않고 우리가 있어야 할 자리에 있어야 한다. 오늘은 우리가 마땅히 누려야 할 시간이기 때문이다.

나와
자연

신비한 바다, 울창한 산림, 비옥한 토지, 광활한 들판, 그 안에 온갖 생물들이 터를 잡고 오밀조밀하게 모여 그들의 아름다운 세상을 마음껏 구가한다. 이에 지구 곳곳에서 생명체들이 득실거리며 숨을 쉰다. 나도 그중 살아 숨 쉬고 있는 하나라고 생각하니 놀랍고 기이하고 경이롭다.

나는 생명을 구하기 위하여 글 속에 목마른 나를 그려 넣고, 그 안에서 자신을 솔직하게 소묘한다. 세상에서 자신이 누구인지 세상 밖으로 얼굴을 내밀고 척박한 마음을 여는 것은 실로 아무나 할 수 있는 예삿일은 아니다. 사람들에게는 초등학문 수준의 졸작이라서 비웃음을 사고 조롱거리가 될 수 있지만, 자신을 훌러덩 벗고 사람들 앞에서 몸뚱이를 드러내고, 자신이 어떤 인간인지 작은 흠집까지 보여주며, 아픔을 호소하는 모습을 보여주는 것은 자신의 치부를 드러내는 만큼이나 용기가 필요하다.

자연은 우리의 삶을 파괴하고 피해를 주지만, 이들의 도움으로 우리는 새로운 길을 찾아 삶의 도구로 삼는다. 화산활동으로 얻어진 마그마로 생활을 변화시키고 위기로부터 새로운 길을 찾아 나서서 삶을 모색하는 것은 자연과 인간의 관계를 긴밀하게 구축한다. 그러나 인간생명이 무엇이고, 삶이 무엇이기에 이 모든 것을 묵묵히 감당하고 희생해야 하는가? 삶이란 결국 자연과 인간, 인간과 인간과의 끊임없는 투쟁으로 얻어지고 그때그때 위기를 극복해 가는 과정에 불과하다.

오늘도 나는 세상과 마주하고 앉아서 나의 초췌한 모습을 연거푸 드러낸다. 내가 누구인지 아무도 관심도 없지만, 나는 공연히 외로움에 짓눌려 눈물을 글썽인다. 밑바닥이 닳아 너덜거리는 고무신짝을 질질 끌고, 해진 누더기 옷을 걸치고, 세상 밖으로 어정어정 걸어나서는 내 모습이 어찌나 가련한지 지나는 사람마다 곁눈질하며 수군대고, 손가락질한다. 그래도 나는 털끝만큼도 부끄럼 없이 자신을 드러내고, 세상에 알리기 위해서 울분을 토하며 부르짖는다.

나는 잠시 내 생각 주변에서 서성이다가 어리석음과 나약함에 아파하고 아쉬워한다. 나의 초라한 모습에 사람들은 외면하고, 묻는 말에 대답조차도 피하고, 입을 다문다. 침묵만이 모든 난제를 해결하는 혜안을 준다고 믿기 때문이다. 스스로 생각하고 고심하여 답을 찾으려는 노력, 자신만이 바른길이라며 소리를 높일 때 우매함과 교만함이 그 안에 두더지처럼 도사리고 있다.

나는 오늘도 내 주변에서 일어나는 모든 일을 하나하나 살피며 나의 어리석은 마음에 불을 지피고, 생각을 태우고, 나를 쓰고, 읽고 또 고친다. 더 완벽한 자신을 그려내고 얻어내기 위함이지만 졸렬하고 좀스러운 범주에서 벗어나지 못한다.

자연은 그 자체가 이미 살아 있는 거대한 공룡이고, 생명체다. 내가 움직이는 동안 살아 움직이고, 곁에서 거친 숨을 내쉬고 있다. 나는 그것만으로도 마음이 든든하다. 만약 내가 없으면 그의 존재를 깨닫지 못하고, 그가 없으면 나 또한 아무런 의미를 찾을 수 없기 때문이다. 같이 공생하는 것만으로 나는 이미 삶의 의욕을 느낀다. 세상은 모든 것이 모르는 사이에 서로를 닮아 가고 있기 때문에 공존하는 동반자가 나에게 힘이 되어 주고, 소망을 품게 하고, 나의 존재를 확인시켜 준다.

나이가 들면 누구나 힘이 빠지고 한쪽으로 비틀거리다 넘어지고, 앉았다가 일어서려면 탁자나 벽체를 붙들고 겨우겨우 일어서는 모습에서 세월은 속일 수가 없다. 한해 전만 해도 거뜬히 자유롭게 주변의 도움을 받지 않았던 은퇴한 동료 교수였는데, 이제는 넘어질까, 한쪽으로 기울까 조심하는 그는 그새 피부에 주름살이 늘어 죽음의 향기를 풍기고, 근육질은 줄어들어 피골이 상접하고, 피부색은 검푸르고, 세상을 바라보는 눈은 힘을 잃고 허탈하게 웃고 또 웃는다. 이게 '나'의 삶이라며….

플라스틱 욕조에서 삐끗하여 머리를 바닥에 처박고 넘어져 내 힘으로 일어서지 못하여 도와달라고 아내를 큰 소리로 부르고 겨우 도움을 받아 꼬꾸라진 허리와 머리를 들어 상반신을 일으켜 세우고 숨을 쉴 수 있었음을 생각하면 끔찍스럽다. 만약 욕조에 물이라도 가득 채워져 있었더라면 어떻게 되었을까? 뒷일은 생각도 하고 싶지도 않다. 그리고 다음 날 나는 인터넷 쇼핑몰을 통하여 든든한 인조 대리석 이동식 반신욕조를 욕실에 설치했다.

이처럼 나이는 자신을 속이지 않는다. 내가 아는 지인은 막걸리 한잔에 비틀거리고 일어나서 동석자들에게 건강을 기원하며 축배를 든다. 아마도 취기에라도 남을 기억하고 살아 있음을 과시하고 싶은 마음 때문이었을까? 나는 그를 보며 저 나이가 되어도 비틀거리지 않고 끝까지 버티리라 자신감을 가져 보지만, 보이지 않는 삶의 끝이 어딘지 모른 채 버틴다고 해결될 수 있을지 의문스럽다. 나는 마음 속으로 '한번 시합해 볼까? 누가 황천길에 먼저 가는지?' 뇌까려보지만 승부는 이미 결정되어 패배가 눈에 보인다. 비록 나는 보기에 병 약하고 노약해도 죽음의 종점에 이르기까지 아직 멀었다는 자부심 으로, 소매를 걷어붙이고 한바탕 싸울 태세를 취해보지만, 패색이 짙은 시합일 뿐이다.

생활에서 느림은 실패이고 죄악이지만, 삶은 느리고 게으른 자의 승리이다. 나는 결코 중간에 포기하거나 넘어지거나 좌절하지 않고 끝까지 시합에서 이기기 위해 마음과 생각을 느림으로 단련한다. 비 록 힘에 부칠지라도 비겁하게 다른 사람에게 등을 보이거나 뒤통수 를 보이지 않고, 죄후의 기력이 다 힐 때끼지 생생하게 정신을 바짝 차리고 버티고 지켜 낼 자신이 있다는 믿음으로 하루를 지킨다. 이것 이 내 삶의 숨은 전략이고, 동력이다. 자연은 나의 삶을 지켜주는 에 너지원이고, 죽음에서 물러설 수 없도록 떠받혀 주는 발판이다. 나 는 자연 안에서 꿈을 키우고 사랑을 노래한다. 꿈과 사랑은 내 마음 에 기적과 감사를 낳는 샘터이기 때문이다.

때로 지인들은 서로의 삶을 칭찬하고 위로하고 지금껏 생명을 부 지하고 있음을 자랑삼고 웃어대지만, 나이가 들면 세월의 눈을 속일 수 없나너 아쉽다고 귀엣말로 소곤댄다. 게으르고 느린 세월은 삶의 행복을 손에서 놓치지 않는다고. 그렇지만 마음대로 세월을 느리게 보낼 수 있을까?

앞으로 더 오래 살아도 크게 할 일도 없지만, 삶은 고통스러움 자 체가 행복이고, 시냇가에 뿌리를 내리고 나무로 살아가는 한, 그늘 은 아름답고 즐거운 생명의 쉼터이다.

누군가의 "아직도 밥만 축내고 사느냐?"라는 비아냥거림에 "아무렴. 억척같이 디 살아야지!"라며 자신에게 할애된 백 세의 여분에서 백 분의 일 초라도 더 살아야 한다고 숨을 내쉬고 정색을 한다.

'이것만이 축복이고, 나와 자연의 긴밀한 관계이고, 하나님께 영광을 돌리는 것'이라며 시원한 생수 한 사발을 단숨에 꿀꺽꿀꺽 쭉~ 들이켠다.

진화와
변화

오늘 나는 반세기 동안 지저분하게 닥지닥지 벽에 붙어 있는 사진과 그림과 구겨진 메모장, 책상머리에 펼쳐 놓은 컴퓨터들을 접어 방 한쪽 구석으로 옮겨 놓았다. 지금까지 삶의 명줄처럼 여기던 생각의 붓을 꺾고자 컴퓨터를 정리한 것이다. 그중에 아직 나의 생명이 가늘게 붙어 있는 노트북과 USB 메모리와 몇몇 케이블들은 그대로 남겨 두었다.

돌아보면 그동안 나의 방은 마치 생각의 전쟁터를 방불케 했고, 나 자신은 끝없이 생각의 모든 것을 노략질당하고 잃어버린 패잔병 같았다. 이로 인해 나는 쉽사리 공허함과 박탈감과 좌절감에서 벗어날 수 없었다. 부질없고 속절없었던 지난날을 생각해 보면, 자신의 겉모습은 마치 포식자 무리에서 떨어져 홀로 광야에서 길 잃은 신세로 전락한 야수와 같았다.

지난날 할퀴고 찢긴 상처가 덧난 몸을 감춘 채 숨을 죽이고 어둠이 내려앉은 광야의 숲으로 숨어든 나는 이제 더 이상 힘을 뽐내는 광야의 포식자가 아니라, 보잘것없이 늙어버린 삶의 퇴역자 모습으로 비치었다. 지금까지 견딜 수 없는 고통으로부터 나를 되살릴 수 있는 거라면 무어든 머릿속에서 다시 끄집어내고 싶었다. 이 질고에서 벗어나기 위해 죽음의 유혹까지도 뿌리치지 않고 사랑해야 한다면, 노근하고 달달한 체념에 빠져 죽음의 웅덩이에라도 머리를 처박고 싶었다. 이 기운데에는 귀하고 친한 생각도, 거창한 진실한 믿음노 따로 없었고, 거추장스러운 삶의 화려한 모습도 보이지 않았다. 다만 넝마처럼 찢긴 삶과 상처뿐인 애절한 기대와 허탄한 소망만이 하나님을 만날 수 있는 유일한 길이고, 참회와 속죄로 새로워질 수 있는 십자로였다.

나는 생명의 갈림길에서 일말의 부끄러움도 양심도 없이 기도했다.

"하나님, 저를 척박한 세상에 버려두지 마시고, 언제든지 곁으로 불러가 주세요."

나는 고통스러운 마음과 육신을 이겨내기 위해서 처절한 죽음을 동경하며 하나님께 밤새도록 깨어 간구했다. 마음의 체험에서 행위의 체험에 이르기까지 사악한 생각들을 열어주기 간구했다. 그리고 차라리 나를 압살하고 해치는 악마가 마음에서 다시 살아나길 바랐다. 이제 와서 돌아보면 거짓도, 진실도, 미움도, 사랑도, 고통도, 즐거움도 모두 처음부터 계획된 환경에 적응하기 위해 조금씩 순화되고 진화되어 왔다. 긍정적이든, 부정적이든, 선이든, 악이든 교차하며 상태를 바꾸어 갔다.

이처럼 모든 게 변화되고 진화되어 가는 세상에서 아직도 고통에서 벗어나지 못하고 새카만 피부에 피골이 상접한 어린아이를 부둥켜안고 생명을 구걸하는 사람들을 생각하면 애처로워 눈을 감을 수 없다. 하나님은 인간 모두에게 귀한 생명을 주고 평등한 삶을 주었다지만, 그들을 위해 준 것이라곤 끝까지 책임지지 못할 연약한 생명 이외에는 사회와 환경과 삶에 변화를 줄 여건도 마련해 주지 않았다. 외부의 도움 없이는 한 치의 삶도 영위할 수 없는 상황에서 죽어가는 어린아이를 부둥켜안고 넋을 잃은 채 땅바닥에 앉아 있는 어미의 마음은 어떠할까? 삶 자체를 넘어서 생명을 구걸하는 그들을 생각하면 한동안 가슴이 먹먹해 오고 아무런 삶의 의욕도 가질 수 없다.

도움을 주고 변화시켜 줄 수 있는 마음은 자랑이나 교만이 아니라, 더불어 고통이 느껴지는 긍휼의 마음이다. 먹지도, 마시지도 못한 채 병든 아이에게 애처로운 도움이 요청될 때 자그마한 나눔은 사랑을 넘어서 죽기까지 아까울 게 없는 마음이다. 그런데 그 마음이 아픔으로 위장되고, 자책 되고, 측은하게 포장되는 것이 현실이라니 안타깝다. 아직도 TV에서 아이를 껴안고 멍한 눈으로 삶의 기회를 달라고 두 손을 벌리고 애처롭게 애원하는 모습에서 무슨 사회직 변화와 진화가 기대될 수 있을까?

누군가 나에게 다소곳이 속마음을 털어놓았다.

"목발을 짚고 전철 지하도를 걸어 오르고 내리는 소아마비 아이를 보고 차마 앞서서 갈 수 없는 마음은 값싼 동정심 같은 것 때문에 가만히 뒤따랐을지도 모른다."라는 말이 나의 마음을 짓눌렀다. 이것이 겨우 우리들 마음의 변화이고, 진화된 모습이기 때문이다.

물질이 있는 곳에 마음이 있다고 하지만, 물질의 나눔이 동정과 생명과 연계될 때 걸림돌이 되는 것은 물질의 크기와 양(量)이 아니라, 나누고 섬기는 마음에 익숙해 있지 않고, 부족하기 때문이다. 옅은 동정심으로 마음을 사려는 얄팍한 사랑이 항상 우리의 마음을 아프게 한다.

자식들을 뒷바라지하느라 더불어 세상과 나누고 배려하는 마음을 아끼며, 불행한 일을 두고 소가 닭 보듯 하고, 재물을 창고에 쌓아 두고 아끼는 것이 일상인 것을 볼 때, 사랑의 자긍심을 가지고 넉넉하지 않은 나눔을 당당하고 아름답게 드러낼 수 있는 사람은 세상에 그리 많지 않아 보인다.

요즈음 장성한 자녀들이 사회적 문제로 취직자리를 못 얻어 전전 긍긍하며 생활비와 용돈마저 부모에게 손을 벌리는 모습은 참으로 안타깝다. 부모는 언제까지 남의 눈을 의식하며 체면치레를 하고 뒤치다꺼리를 해야 할지 안쓰럽다. 하지만 이러한 현상은 사회적 변화이고, 보이지 않는 삶의 진화에서 벌어지는 자연스러운 현상이라 할 수 있지만, 이를 보고 모른 체 넘기기에는 너무나 크나큰 아픔이고 마음의 재앙처럼 느껴진다.

이러한 변화는 생활환경뿐만 아니라, 지구환경에서도 감지된다.

예전에는 봄철이 되면 중국 사막에서 날아드는 황사가 한반도 전역에 뿌옇게 뒤덮여 차량 유리창에도, 지붕에도 누렇게 쌓이던 현상이 요즈음에는 중국으로부터 계절과 무관하게 바람의 방향과 강도에 따라 미세먼지가 보이지 않게 건강에 악영향을 미치고 있지만, 국민들은 이러한 변화에 점점 무감각해지고 있는 게 아닌가 싶다. 이것이 곧 국민 건강의 진화로 이어져서 삶에 점차로 적응되어 가고 있다는 것은 보이지 않는 지구의 재난이라 할 수 있다.

지구는 예기치 않은 기형적인 환경변화로 몸살을 앓고, 이에 따라 끊임없이 알게 모르게 부정적으로 또는 긍정적으로 변화를 거듭하여 인간의 삶도, 사회성도, 생각과 마음도, 영성조차도 예측할 수 없이 진화되어 가고 있다.

조울증과 우울증과 같은 정신적 변화의 중심추가 얼마나 크게 좌우로 움직이고 있는가?

인간은 다만 문화와 기술의 틈새에서, 삶과 죽음 사이에서 어떻게 하면 더 편하고 안락한 사회, 정신적 세계를 누리고 복잡한 현실을 극복해 갈까 하는 방법을 모색하고 있다. 소위 문화 기술에 있어서 무인과 자율이라는 이름으로 변화되고 진화된 생활을 꿈꾸고, 정신적 세계에서는 종교의 힘으로, 믿음에 심취하여 위로를 받으려 한다. 마치 순례자가 옆구리에 찬 표주박에 영생을 가득 채워 목을 적시며 죽음에서 벗어나려는 선지자인 것처럼, 변화되는 환경의 먹잇감을 입에 물고 마치 스스로 세상을 바꾸려는 선견자인 것처럼, 단체 여행 가이드처럼 안내 깃발을 높이 치켜들고 나를 따르라고 외친다. 세상의 변화와 진화로 늘펀하게 깔려 있는 현실을 거울삼아 목구멍에서 피가 터지도록 자신을 이겨내라고 소리 높여 울부짖으며 혀끝에 바늘을 꽂고 고통을 참고 안간힘을 쓴다. 비록 손발이 잘리고 몸뚱이가 반 토막이 나고, 우리의 심장과 마음으로는 아무것도 할 수 없어도 끝까지 버틴다.

어느 날 사지를 전혀 못 쓰는 불구자가 체형에 맞도록 개조한 전동차에 몸을 맡기고 생활의 고통을 겪으며 이마에서 핏줄이 터지도록 봉사하고 자족하는 것을 보며, 사지가 멀쩡한 몸으로 입소리로 남을 윽박지르며 선한 일을 강요하고, 생각과 말로 세상을 조각하고 음영을 새겨 넣는 요술쟁이와 비교할 때, 참으로 진화되어 가는 생명과 삶을 흥미롭고 그럴듯하게 꾸미는 그들에게 진정한 하나님의 마음이 무엇이고 어디에 있는지 헤아려 보려고 나는 순간순간 숨을 고른다. 진정한 이웃사랑과 돌봄에 대한 변화와 사랑이 앞으로 어떻게 진화되어 갈까?

시대적 환경에 따라 점차로 변화되고 기능적으로 진화되어 가는 세상에서 사회에 묶인 고리타분한 삶을 지키려는 인간의 소망은 덧없나. 항상 새로움을 추구하며 신화하는 것은 인간의 본래의 성향이고 아름다운 세상을 점차로 이루어 가는 현상은 참되다. 하지만 생활의 진정한 변화와 진화를 이루는 밑거름이 세상에 대한 사랑과 확고한 믿음에 있지 않다면, 모두가 해변가에 모래성을 쌓는 것이나 다름없다. 때문에 편리한 외형적인 변화와 기능적인 진화만이 아니라 내면적인 마음과 사랑의 진정한 변화와 진화가 인간사회가 바라는 올바른 상이다.

공허한
마음

오늘도 나는 그럴듯한 말을 시원한 냉수처럼 한 사발 들이 켰다. 하지만 왠지 마음이 텁텁하고 공허한 이유는 무엇 때문일까? 이 모두가 행함이 없고 속 빈 고무풍선과 같은 말 때문이 아닐까? 그럴싸하게 말을 짜깁기하고 포장하여 자기 생각만이 진실이고, 남의 말은 허구인 것처럼 치부하기 때문이 아닐까? 어느 말이 진실이고 허위인지는 오직 시간을 두고 판단할 일이다.

무수한 이야기를 하는 자신은 마치 세상을 몸소 체험한 것처럼 세세하게 묘사하고, 빈틈없이 깁고 덧칠을 하기 때문에 사실과 진실의 경계는 듣는 이의 마음에 의해 결정된다. 체험은 몸뿐만 아니라 글로 읽고, 보고 들어서 얻은 것이지만, 감동으로 느낌으로 다가오기도 하고, 소리와 느낌을 통해서 겪는다. 하지만 감동 없이 미화된 잡음이나 소음으로만 있을 수 있다.

이렇게 나는 하루를 시작하고 어둠이 내릴 즈음, 마음의 사립문을 닫는다. 그리고 이것이 삶이라며 애써 헛웃음을 친다. 그러나 나는 이것만으로도 하루를 감사하게 여긴다. 하루의 흔적을 한 획 긋고 사지가 멀쩡하여 등 따습고, 배곯지 않고, 눈과 귀를 뜨고 세상을 거울삼아 나의 삶을 반추해 볼 수 있고, 아무리 작고 보잘것없다 해도 감사가 스멀스멀 생활에서 살아나기 때문이다. 세상의 진화에 따라 최소의 문명과 기술을 음미하고, 습관과 사고에 적응될 수 있다면 어찌 은혜롭지 않으랴!

어차피 인간은 사고로 진화하고, 짐승은 몸뚱이로 진화되고, 우주는 환경에 의해 진화되고 적응하는 실체이다. 그런 중에 자신은 게걸음을 치면서 남에게는 바르게 걷도록 다그치고 핀잔을 주는 것은 인간의 전형적인 가소로운 모습이다.

삶의 진가는 무엇보다 살아 있는 생명에 있고, 사랑에 있고, 감사에 있는즉, 참되고, 아름답고, 경건한 것을 흠모하고 찬양의 덕을 갖춘 사람은 끊임없이 선을 향하여 진화되어 간다. 때문에 인간의 최고의 선은 인생의 길에서 누구에게나 훈훈한 덕을 베풀고, 새로운 삶을 노래하고, 생을 윤택하게 꽃 피우는 것이다.

그러나 인간세계에서 사물(事物)은 흥하면 언젠가 반드시 쇠하기 때문에 제아무리 훌륭한 덕을 갖추고 꽃을 피웠다 해도 정점에 이르면 스스로 미련 없이 자신을 비우고 겸손히 떠날 줄 알아야 한다. 그럼에도 목숨이 닳아 없어질 때까지 끝내 세상의 온갖 부귀영화를 부러워하고 아쉬워하고 붙잡으려 하니, 인간의 탐욕은 끝이 없다. 겉으로는 자비를 베풀고 욕된 것을 억누르고, 자신을 비우고 낮추지만, 하나님의 사랑에 의지하고 사모하고 살아가기 위해서는 참으로 세상의 겨자씨만 한 생명까지도 귀하게 여기고, 하나님에게 감사함을 게을리 하지 말아야 한다. 그 가운데에서 기적을 이루고 맛볼 수 있기 때문이다.

누군가와 불필요한 기 싸움을 하다 보면 진즉 배려와 관용은 무시하고 못난 자신만 내세우기 쉽다. 한번 고개를 숙이면 모든 것이 평화롭고 문제는 쉽게 해결되는데, 어설픈 자존심을 버리지 못하고 끝까지 내세우는 졸렬함은 가히 볼만하다.

마음과 생각을 비우면 모든 문제는 해결된다고 누누이 입버릇처럼 말들 하지만, 막상 그 상황에 이르면 안면을 바꾸고 자기가 했던 일은 잊고 남 탓만 한다. 이것이 세상이라며 될 대로 되라며 무시하기 일쑤다.

화해의 손을 내밀고 인욕(忍辱)의 세월을 덤으로 주지만, 아집과 교만으로 가득 차서 공허한 자신만 보일 뿐이다.

"뭐가 그리도 당당하기에?"

자기 것은 애지중지하면서, 혹여나 남에게 빼앗기고 손해를 보랴 싶어 눈을 시퍼렇게 뜨고 기회를 엿보지만, 졸장부 노릇을 자처함으로 사회에서 버림받고 갈 곳을 잃어 가련해 보인다.

대리운전기사
– 아내

나는 삼시 세끼 때만 되면 머리가 무겁다. 어떤 음식을 어디서 편히 먹을 수 있을까 마음이 무겁기 때문이다. 누구나 한국인이라면 매콤한 메뉴를 찾아 쉽게 음식을 정할 수 있다. 예를 들면 짬뽕이나 김치찌개, 입맛을 돋우는 김치와 음식 맛이 살아 있는 매콤한 생선찌개며, 예전의 맛깔나는 음식 솜씨를 TV에서 보면 나도 저런 음식을 먹을 때가 있었다고 입맛을 다셨지만, 지금은 그림의 떡이다. 매운 음식을 대하면 먼저 식도와 위가 쓰리고 아리는 느낌을 받기 때문이다. 위산과다와 위 질환으로 인하여 먹고 싶은 음식을 먹은 후에는 그만한 고통을 감내해야 하기 때문이다. 이런저런 이유로 나는 끼니때만 되면 음식에 대한 상상의 나래를 펴고 어떤 음식이 좋을까 궁리를 해보지만, 별달리 호감이 가는 음식이 언뜻 생각나지 않는다.

생선조림 대신에 생선구이를 찾고, 일상적인 식단 대신에 밋밋한 지리 음식을, 진한 국물이 있는 음식 대신에 미역국 같은 국거리를 선호한다. 그러다 보니 음식의 취향이 예전에 비해 달라지고, 즐기는 방식도 변하였다. 어디를 가나 먼저 매우냐고 묻고, 음식을 시키는 습관이 몸에 배어 있다.

때문에 외식도 하루의 컨디션에 따라, 시시각각 변하는 입맛에 따라 달라졌고, 될 수 있으면 많은 음식이 제공되는 한정식 식탁은 피한다. 아내와 둘이서 한 가지 음식을 시켜 나누어 먹을 수 있다면 최상이다.

보통 식당에는 2인분 이상 주문이라는 표시가 메뉴판 밑에 쓰여 있으면, 우리는 식당을 직접 방문하는 대신에 집에서 전화로 일 인분도 가능하냐고 물어 음식을 주문한다. 이때 음식을 배달해 주는 식당보다 주문 후 직접 식당 홀을 방문하여 가져오는 경우가 일상이다. 두 사람이 함께 각각 주문을 따로 하면 좋겠지만, 2인분 음식을 시키면 분량이 많아서 한 그릇 정도는 남겨야 하기 때문에 음식 쓰레기 배출과 불필요한 낭비를 줄이고, 우리가 필요한 양 만큼 먹기 위해서는 가정으로 배달시키거나 주문해 놓고 식당에서 직접 가져온다.

주문은 집에서 전화로 편하게 할 수 있지만 대부분 식당에 가서 직접 음식을 가져와야 하기 때문에 처음에 아내는 운동 삼아 나와 같이 나가길 원했다. 하지만 날씨가 춥고 몸이 피곤하면 좀처럼 나는 방안에서 꿈쩍이지 않으려 한다. 그럴 때면 아내는 음식 배달을 모두 떠맡는다. 죽이며, 칼국수며, 피자며, 족발이며 김밥이며 필요한 족족 아내가 차를 끌고 나가서 배달 책임을 진다. 이럴 때 나는 마음이 안쓰러워 집에서 간단히 해먹을 수 있는 음식 재료가 있는지 아내에게 물어보고, 가능하면 집에 남아 있는 음식 재료로 한 끼를 때워 보기도 한다. 흔히 된장찌개며, 라면이며, 미역국 등으로 간단히 해결할 수 있는 방도를 찾는다. 그러면 아내는 나갈 채비를 했던 옷을 바꿔 입고 기꺼이 집안에서 간단히 음식을 조리할 준비를 한다.

이렇게 마음이 아내와 통하는 경우도 있고 그렇지 못한 경우도 있지만, 모든 것은 내 몸의 컨디션에 달려 있기 때문에 아내에게 고마운 마음, 미안한 마음이 크다. 아무런 음식이나 가리지 않고 먹을 수 있는 입맛과 건강 상태라면 문제가 없지만, 그렇지 못하면 공연히 식당 음식을 탓하고 아내에게 짜증을 내고 성질도 부린다. 먹는 것은 나에게 중요한 일과 중 하나이기 때문에 아내는 내 눈치를 보고, 작은 일에도 신경을 쓴다.

다행히도 오전 중에 식욕을 증진시키는 약을 먹으면 음식 선택에 별문제가 없기 때문에 음식을 택하는 데에도 거리낌 없고 불평을 쏟지 않는다. 하지만 그렇지 못하면 마치 반찬 투정을 하는 것처럼 일찌감치 수저와 젓가락을 내려놓고 식탁을 물린다. 이럴 때면 내 마음도 답답하지만, 옆에서 늘 지켜보고 입을 떼지 않는 아내도 곁눈질로 내 마음을 헤아린다.

입맛을 당기는 약은 호르몬 성분이기 때문에 잦은 복용은 금물이지만 입맛이 딸릴 때면 나는 가끔 약의 도움으로 입맛을 회복하기도 한다.

식사 때마다 나는 어떤 음식이 좋을지 이것저것 저울질해 보지만 한번 입에서 거절당하면 두 번 다시 눈길을 주지 않기 때문에 아내는 내 입맛에 눈치를 살핀다. 이럴 때일수록 나는 거부감을 느끼지 않고 입맛에 친숙한 음식을 찾는다. 내가 음식을 정하면 아내는 부리나케 식당이 어디 있든지 멀다 하지 않고, 귀찮다 하지 않고 곧바로 차를 몰고 식당으로 향한다. 이러한 모습을 자주 보이는 나 또한 나 자신이 못마땅하고 짜증도 나지만, 내 할 일을 아내가 대신해 주는 마음에 고맙고 또 고마워서 할 말을 잃는다. 누가 집안의 심부름꾼처럼 귀찮고 궂은일을 찾아 마치 노비처럼 나의 못된 성질을 받아주랴!

아직도 이런 일은 내 건강이 바뀌지 않는 한, 누가 귀찮은 일을 불평 없이 해주랴 싶어 나에게 건강하고 미쁜 동반자를 주심에 하나님께 감사드린다. 그러나 고지혈증과 혈압으로 힘들어하는 아내를 대할 때마다 마음이 퍽 안쓰럽다.

사순절에 하나님의 말씀을 묵상하며 나는 하나님의 넓은 사랑, 예수님이 당한 고초를 생각하면 십자가에서 당한 수난이 바로 나로 인한 아내의 마음이 아닐까 생각도 한다.

매번 음식을 가지러 차를 몰고 나갈 때마다, 나는 계절과 기후에 따른 사고 위험을 아내에게 주지시키지만, 나갈 때면 마음이 늘 불안하고, 돌아와서 현관문 비밀번호를 누르는 벨 소리가 날 때까지 안심이 되지 않는다.

오늘도 같은 날이다.

나는 다람쥐 쳇바퀴에서 굴러떨어지지 않으려고 온 힘을 다해 춤을 추듯 원통 속에 매달려 세상을 맴돈다. 가속되는 세상을 멈추려 안간힘을 써 보지만, 아내는 제어할 수 있는 범위를 웃돈다.

차를 몰 때마다 가속하지 말고 침착하게, 유턴하는 길이나 커브 길에서 속도를 줄이고, 오가는 차를 주시하도록 아내에게 주의를 준다. 때문에 나는 아내의 걱정스러운 운전에 늘 옆자리의 잔소리꾼으로 남아 있다. 그래도 나는 아내의 외출에 신경을 쓰지 않을 수 없다. 어느 식당으로 차를 몰고 가는지, 무슨 음식을 사 들고 오는지 신경을 세우고 신용카드결제가 어디서 언제쯤 되는지 핸드폰을 통하여 확인한다. 다행히 신용카드결제 소리가 울리면 우선 안심하고 돌아올 시간을 잰다. 현관문 비밀번호를 누르는 소리가 들리는 순간까지 마음을 졸이며 문에 귀를 기울인다.

이러한 일은 아내가 집을 나가는 순간부터 돌아올 때까지 나에게 주어진 습벽으로, 내가 숨을 죄는 일 중의 하나이다. 누구는 이를 두고 아내의 외출이라고 하겠지만, 외출과는 엄연히 다른 차원이다. 아내는 나를 위해서 언제나 대기 중인 운전기사로 있기 때문이다.

점심때와 저녁때가 되면 어떻게 해야 마음 편히 한 끼를 해결할 수 있을까 음식점 도미노 게임을 하며 별의별 궁리를 다한다. 춘천 시내의 식당 골목길을 머릿속에서 이리저리 헤매며 입에 맞는 식당을 찾아 도시 복판을 뒤진다.

다행히도 아침 식사는 일주일에 두 번 맥 카페에서 맥 모닝머핀으로 대신하고, 평소에는 아내가 준비한 바게트 빵에 버터와 잼과 소시지와 흰죽으로 식단을 차린다. 하지만 모든 게 귀찮고 짜증이 나면 나도 모르게 사고인식 판단이 떨어지는 조현병 환자처럼 어디에 몸을 두고 어떻게 할지 정신이 몽롱한 상태에서 행동을 한다. 그리고 때로는 갑자기 찾아오는 저혈당으로 정신마저 혼미하여 현기증과 피로감이 찾아들고, 심장이 빠르게 두근거리고, 손 떨림 현상과 함께 힘이 빠지고, 자제력을 잃고 격앙된 감정에 치우친다. 이때쯤이면 나는 스스로 혈당 체크를 하고 초콜릿과 캐러멜로 당을 보충한다. 이 모든 증세는 위 수술 이후에 비정상적인 음식물 섭취에서 오는 후유증으로, 나는 각별히 조심을 한다.

다행히 내 곁에서 치료와 치유의 보조 역할을 하는 대리운전기사 아내가 있어서 끼니때마다 금식하는 위기를 모면할 수 있음에 또 한 번 감사를 한다.

세 부류의
사람

  세상에는 세 유형의 사람들이 있다.

주어진 일에 열정을 다하여 힘을 쏟으며 사는 사람이 있는가 하면, 자기를 적당히 절제하며 사는 사람이 있고, 만사에 특별한 관심 없이 자기 편한 대로 대충 사는 사람이 있다.

이떤 친구는 잡지에 실린 깨알 같은 필자의 깊은 생각을 하나하나 씹어 먹는가 하면, 어떤 이는 씹히는 질긴 부분에 관심을 갖는 사람, 아예 겉표지만 대충 훑어보는 사람도 있다.

그리고 세상에서 이미 구원을 얻은 사람처럼 진지하게 사는 사람, 남에게 보이기 위해 거들먹거리며 사는 사람, 자신을 상실하고 실성한 사람처럼 사는 사람도 있다.

사람들이 어떤 부류에 속하는지, 대충 몇 마디 말을 건네 보면 알 수 있다. 신문을 꼼꼼하게 깨를 자근자근 씹듯이 기사를 읽는 사람은 그와의 대화에서 지루하지만 고소한 깨 맛이 나고 생활의 무게를 발견하게 된다. 그의 말과 생활에서 자신의 삶이 어떠한 모습인지 극명하게 나타나기 때문이다.

그렇다면 나는 도대체 어떤 부류의 사람인가? 나는 여전히 삶의 진미와 동떨어진 형식과 관행에 얽매여 사는 사람이 아닌가? 사람은 깨끗한 정화수에 풍덩 들어가 씻고 나오면 몸과 마음이 깨끗하게 세척되어야 할 터인데 땀으로 찌든 냄새가 여전히 풍기고, 입에서는 역겨운 구취로 뒤범벅되어 사람들을 멀리 거리를 두도록 만든다.

비록 세상이 더러운 시궁창 물로 오염이 되어 있다 할지라도 겨울에 대기가 차가워지면 표면에 하얀 눈송이처럼 안개꽃을 피우고, 겉모습은 상고대처럼 하얗게 서리만큼이나 뽀얗고 깨끗해 보인다. 그러나 속에 감추어진 서리꽃 밑바닥은 광야에서 굴러다니는 검불같이 거칠게 메말라 있고, 동물 사체처럼 역겨운 냄새가 난다. 공기 정화기로, 세척기로 생각과 마음을 털어낸다 해도 대기는 완전히 정화되지 않는 것처럼 속은 지저분하고 고리타분한 냄새와 세상의 온갖 쓰레기들로 겹겹이 쌓여 있다. 이처럼 겉으론 많은 것들을 알고 경험하고 감추고 세제로 깨끗이 씻어 낸다 해도 자신의 화려한 변신이거나, 만족스러운 변화는 아니다.

세상의 문, 마음의 문을 빼꼼히 열고 안쪽을 들여다보면 눈물이 앞을 가로막는 일도 한두 가지가 아니다. 여리고 고집스러운 생각에, 자신의 거추장스러운 지난날의 모습에, 도도하게 굴던 왜소한 자신의 가슴이 갑자기 먹먹해지고, 참았던 눈물이 울컥 터져 나오고, 심장이 멈춰서는 듯하다. 그동안 자신의 마음이 세상 풍파에 닳아 연약해진 탓도 있지만, 추하고 보잘것없는 나의 예전 모습이 그대로 살아서 꿈틀거리기 때문이다.

세상에 목적 없이 되는대로 버려둔 삶, 하늘을 나는 것 같이 자유로움을 만끽하던 삶, 그러나 죽을 것 같이 축 늘어진 삶, 꿈을 갉아먹는 삶, 자아를 상실하고 넘어지는 삶, 미움과 질시를 만리장성처럼 쌓는 삶, 사랑과 기쁨을 빼앗긴 삶, 우울증에 빠진 침통한 삶, 남보다 자기를 먼저 보살피는 이기적인 삶, 남의 눈만 의식하는 비뚤어진 삶, 광적으로 용광로에서 녹여 버린 믿음에 의지하여 사랑을 핥아먹고 사는 삶, 그러고도 거뜬히 세상을 이길 것같이 자만하는 삶, 허망하게 아름다운 과거만을 추구하고 그리움을 키우는 삶, 하지만 결국 한순간에 자신을 이겨내지 못하고 스스로 세상에 걸려 넘어지고 무너지는 삶을 사는 사람들이 수두룩하다.

이들 모두가 삶의 꼬투리와 끄트머리에서 피할 수 없는 외곬으로 걸으며 자신만을 사랑하는 사람들이다. 나는 그들처럼 논에 쌓아 올린 방죽에 올라 호주머니에서 찐 쌀 한 줌을 입에 털어 넣고 설렁설렁 홀로 걷는다. 그리고 오독오독 씹히는 고소한 세상의 찐쌀 맛을 새삼 느끼며 감사힌다.

이 밖에도 내 주위에는 심령을 다 바쳐 사는 사람이 있고, 설레발 치며 사는 사람도 있고, 공연히 헛기침이나 하며 세상을 외면하고 사는 사람도 있다.

신앙을 가진 사람 또한 믿음에 깊이 빠져 물불을 가리지 않고 미친 듯이 사는 사람도 있고, 대충대충 겉으로 자신을 드러내 보이며 마음의 문을 열어 놓고 구린내 풍기는 세상을 적당히 신뢰하며 솔직하게 사는 사람도 있고, 마치 이미 세상을 다 살아 본 것처럼 초연히 자신을 체념하고 마음의 문고리를 걸고 사는 사람도 있다. 그렇다면 나는 어떤 부류의 어떤 사람인가? 나는 때로 내가 누구인지 고스란히 내려놓고 싶은 때가 있다. 내가 겪는 만큼의 고통에서 내 할 일, 내 생각을 접고 현실에 만족하며 몰입하고 싶다. 하루를 더 살아도, 남들처럼 꼬깃꼬깃 손때가 잔뜩 묻은 생명을 금이야 옥이야 여기며

살아도, 결국 아쉬움 없이 휴지통에 버려질 오늘이기 때문에 감사의
흔적민 가득 담은 채 매양 있는 그대로 살고 싶다.

어디로
가느냐?

오늘은 무엇 때문인지 부황이 든 나는 공연히 생떼를 부리며, 짜증을 내고, 실컷 강샘을 부리고 싶다. 무엇 때문에 마음이 꼬였던지 아무래도 마음이 편하지 않다. 아마도 부모님이 계신 납골당을 지척에 두고 차를 돌려야 했던 탓이다.

늘 자식들을 생각하며 보이고 싶지 않은 세상 모습을 치마폭으로 얼굴을 가려 주던 어머니, 나의 잘못에 엄하게 나무라시며 때로는 매서운 회초리를 드시던 아버님, 지난날을 생각하면 어리석은 나의 불찰을 나무라기 이전에 묵묵히 바라보시던 부모님의 얼굴이 떠오른다. 분명히 엄하게 하고 싶은 말이 있음에도 모른 척 넘어가셨던 부모님, 이제는 그런 모습을 세상 어디서도 다시 찾아볼 수 없지만, 남들이 누리지 못한 천수를 누리신 두 분의 얼굴이 오늘도 밝게 나를 바라보시고 있는 것만 같다.

이방인 기라사인을 만나겠다는 심정으로 피곤함을 잊고 천 리 길을 달렸지만, 고속도로에서 길을 잃고 주변만 빙빙 맴돌다가 부모님을 천공(天空)을 통해 뵙고 돌아왔다. 비록 유골함 속의 부모님을 뵙는다 한들 아무 말도 못 하고 마른 눈물, 아픈 마음만 남기고 돌아섰을 천불사, 나의 피곤한 몸, 고등어자반 같은 마음만 고속도로 위에 질펀하게 깔고 돌아섰다. 만나서 사랑을 나누었어야 했을 형제들도 먼발치에서 재 넘어, 산 넘어, 강 건너, 길 따라 마음의 재만 뿌렸다. 하지만 도로 위에서나마 좀 너 가까이 다가가 나의 형제들과 마음을 나누지 못하고, 어리석은 귀향을 택한 나를 하나님은 측은히 여겼을 것이다.

✤

어디선가 어머니의 부드러운 꾸지람소리가 치렁치렁 들렸다.

"어디로 가느냐?"

언제나 내 편에 서서 어려운 내 마음을 읽고 이해하시던 어머니의 목소리가 가까이에서 들렸다.

새벽길을 떠나는 하루가 나에게는 힘들었다.

무엇부터 어떻게 준비해야 할지 몰라 마음과 생각이 잠시 움츠러들었다. 나의 갈 길은 언제나 먼 곳, 보고픔이 있는 부모님의 따뜻한 품에서 뻗쳐 나오는 듯했다.

그러나 마음은 천근만근 무거웠다.

나는 조용히 불러본다.

"아버지, 어머니!"

하지만 어디서도 대답이 없었다.

나는 고개를 들어 벽 쪽으로 고개를 돌렸다.

시끄럽던 벽시계의 초침소리도 침묵을 지키고 들리지 않았다.

엷게 떨리는 소리만 조용히 베개를 뚫고 울렸다.

베개 밑에 깔린 손목시계에서 속삭임처럼 들리는 초침소리였다.

어찌 된 일이지?

나는 의아스러워 다시 입을 벌리고 소리 내어 불렀다.

"어머니, 아버지!"

그래도 여전히 아무런 소리도 들리지 않았다.

다시 벽 쪽으로 고개를 돌려 보았다.

몇 시쯤 됐을까?

벽시계는 아무런 소리도 내지 않았다.

나는 꿈결과 같은 시간 속에서 잠시 잠에 취해 있었다.

시계는 커튼 대신 쳐진 암막에 그려진 그림이었다.

시계의 초침은 정지되어 있었다.

나는 가족들의 이름을 다시 불렀다.

아무 소리도 들리지 않았고 침묵만 흘렀다.

나는 눈을 들어 벽 쪽에서 꾸벅꾸벅 조는 시계를 바라보았다.

시곗바늘은 꿈쩍도 하지 않고 있었다.

아이코나!

나는 잠시 새벽잠에 빠져 졸았던 것이다.

새벽은 나를 흔들어 깨우고 또 하루를 시작하고 있었다.

나는 눈은 동그랗게 뜨고 멀쩡히 숨을 쉬고 있었다.

팔다리가 저려왔다.

어깻죽지도 욱신거렸다.

미간이 잔뜩 찌푸려지고, 머리에 어제저녁과 같은 열 기운이 남아 있었다.

그래도 나는 떠나야 할 하룻길을 출발해야 했다.

"어디로 가느냐?"

목소리가 가까이서 늘리는 듯했다.

어머니와 아버지, 형제들이 있는 곳으로

가는 새벽은 어둠이 앞을 가로막고 있었다.

그렇지만 바쁜 마음에 허둥지둥 겉옷을 걸치고

한 손에 가방을 챙겨 들고 고속도로 갓길로 나섰다.

별일 없이 목적지에 도달할 수 있기를 기도하며

누구에게도 알리지 않고

아내와 둘이 조심스럽게 고속도로에 올라탔다.

부모 형제가 있는 이방인 지역으로

마지막으로 그들을 만나보고자….

다시는 오지 못할 것이라고

내가 사는 동안 마지막이라고 생각하며.

어디로 가느냐?

어머니는 나의 무심한 떠남을 아쉬워하며 허공에서 나를 향해 다시 한 번 재차 물었다.

다다익악
(多多益惡)

오늘도 시간이 남으면 나는 생각을 비우고 거리로, 대형마트로 나가 주변을 기웃거리고 식료품점, 생활용품점, 편의점 등을 할 일 없이 흘끗 힐끗 둘러본다. 때로는 커피점 안에 편히 앉아서 지나는 행인들의 거니는 모습을 넋 놓고 바라보며 기억들이 차오르는 지난날들을 떠올린다.

이럴 때면 가지고 있던 기억을 한껏 과장해서 키우고, 자신을 북데기처럼 부풀리며, 한동안 우쭐대 본다. 그리고 삶의 성패를 가름할 만한 영욕과 이해득실을 따지며 애면글면 긁어모은 푼돈과 자잘한 기억들을 호주머니에서 손에 땀이 나도록 주물럭거리다가 하루를 허공으로 날려 보낸다.

많으면 많을수록 덕이 되고 유익하고 세상을 이길 수 있다고 믿는 허탄한 것들을 손에서 비우고 내려놓으면, 허허실실 세상이 가뿐하고 마음이 기쁘고, 새로울 터인데 나는 그 짓을 못 하고 오기를 부린다.

요즈음 사회와 정부와 국민들의 분위기가 예사롭지 않다. 곳곳마다 예기치 않은 크고 작은 불의의 사고가 그치지 않고, 화마와 교통사고와 비행기 추락 및 유람선 침몰사고 등, 지진과 같은 대형 재해로 연일 인명피해가 끊임없이 터지는 것이 전쟁터를 방불케 한다. 세계 곳곳에서는 인종차별과 종파로 인명 살상과 폭력이 난무하고, 삶의 가치를 지기들 편한 대로 제도와 법의 테두리 안에 묶어 두려 하고, 자기 이익에 반하지 않는 범위 내에서 내 편, 네 편으로 나누어 옳고 그름을 집단으로 판단하고 법리적으로 해석하고 질타하려 들고, 기계적이고 획일적으로 문제를 풀어 가는 어리석음만 반복하고 있으니 한심하다. 정부 수반으로부터 하층 서민에 이르기까지 하나같이 서로 잘났다느니 이빨을 내밀고 떠들고 있으니, 미디어만 틀면 울화통이 터진다.

국가에서 일어나는 변고는 자고로 그 시대의 지도자에게 인덕이 없는 탓일 뿐 아니라, 사회를 운영하는데 역량이 부족하고, 무소불위 권력과 다수 힘의 논리로 밀어붙이려는 아둔함에 의지하기 때문이라고 했다.

예전에는 그 시대의 왕이 덕을 겸비하면 백성의 원성이 줄어든다 했다. 민심이 평정을 이루는 것은 최고 지도자의 인덕이고 세상 민심인데, 오늘날 지도자가 걷는 길은 자비와 인덕보다 숨 막히는 탐욕의 길, 권력의 길, 악의 길, 거친 돌밭 길, 가시밭길이다. 그러나 현명한 지도자는 한 치만 눈을 옆으로 아래로 돌리면 편하고 선한 길, 아름다운 길, 국민으로부터 추앙을 받는 길이 보이는데, 그 길을 놓아두고, 자기 영욕을 위하여 다다익악(多多益惡)의 길을 굳이 택하여 가야 하는지 의아스럽다.

밑이 보이지 않고, 질퍽이고 구린 길, 자신만의 편한 길을 꼭 고집하는 이유가 어디에 있는가? 물어볼 것도 없이 자기 권력과 인맥과 재력과 영욕을 넓히기 위함이 아닌가? 언젠가는 누구나 외로운 길, 고독한 길, 연민의 길, 새로운 험한 길을 걸을 것인데, 갈수록 각박하고 메마르고, 이전투구 양상으로 물어뜯고, 남을 끌어내리고 탓하고, 고질적으로 자기의 이익만을 챙기는 것이 오늘날 삶의 표본인 것처럼, 자신만이 바른 정도를 걷고, 세상을 이기는 길이라 믿는 왜곡된 생각으로 세상을 얼뜨게 만든다.

세상은 많이 가질수록 좋다는 다다익선(多多益善)을 추구하는 경향이 지배적이지만 때로는 많은 것만이 선을 이루는 것이 아니라, 도리어 악이 되는 다다익악(多多益惡)의 전형을 알지 못한다. 무조건 많은 것을 취하고, 행하는 것만이 선이라 여기지만, 오히려 그것은 악이 되어 앞일을 그르치게 한다. 많은 재물과 금권, 권세에 대한 탐욕으로 세상을 얻고 덕을 세우려는 것은 소탐대실(小貪大失), 곧 자잘한 이익에 정신이 팔려 오히려 큰 손해를 보게 되는 어리석음에 빠지게 된다.

가만히 있어도 될 일을 공연히 흔들어서 일을 크게 만들고, 남의 이목을 집중시키려 허황된 자기 생각을 부풀리려는 어리석음은 자신을 스스로 죽이는 자살행위와 같다. 세상일을 자기 생각대로 마음대로 해보려는 아둔함은 결코 오래 가지 못하고, 베일을 벗고 자신의 어리석음을 세상에 알리는 우치를 범한다. 크고 많아 보이는 것만이 세상에 공덕을 쌓는 것이 아니라, 작은 심상이 우리를 든든하게 만들고, 흔들리지 않게 한다.

입안에 분별없이 많은 것들을 쏟아 넣으면, 허탄한 모래알이 섞여 씹히고 치아를 상하게 만들 듯이 소의 뿔 모양을 바로잡으려다가 소를 죽이는 교각살우(矯角殺牛)처럼 작은 흠이나 결점을 고치려다가 도리어 큰일을 그르치기 때문에 남의 잘못만 지적하고 떠벌인다면, 자신의 마음이 비틀어지고 휘고 가슴을 짓누르게 될 것이다. 우리는 이웃의 잘못된 길을 바르게 잡아 주고, 마음을 모아서 배려하고, 꿈을 키워주고, 오늘의 고통과 아픔을 니누고 이겨내는 사회적 도구가 되어야 한다.

예수님은 생명나무요, 길이기 때문에 십자가 사랑을 마음에 심어 모든 역경을 참고 이겨냄으로 우리 모두가 새롭게 태어나길 두 손 모아 기도한다. 그가 고초를 당하여 죽음으로 우리가 거듭났고, 사랑을 알게 됐고, 믿음의 가치를 깨달았기 때문이다. 우리는 예수님을 통하여 매번 마음에 변화를 주고, 사랑으로 세상을 구하고, 아름답게 일구어 가야 하지 않을까?

행복은
누구로부터

나는 홀로 있을 때면 행복이 무엇인지 어디로부터 나오는지 곰곰이 생각한다. 오늘도 한밤중에 눈을 뜨고 컴컴한 천장을 올려보고, 하루를 돌아보면 감사는 내 마음속 깊은 곳에서 거미줄을 친다.

걸핏하면 눈물이 앞을 가리고, 일상 대화에 감동되어 남의 눈에 띄지 않게 손바닥으로 눈물을 훔치기도 하고, 눈물을 보이는 것이 창피하여 때로는 흐르는 눈물을 그대로 마르게 버려두지만, 안경 위로 흐르면 주체 할 수 없이 유리알을 닦는다. 생각해 보면 이 모든 감동은 알 수 없는 감사와 행복에서 나도 모르게 나오는 것이었다. 이야기하는 사람의 진한 마음을 느끼고 그의 마음을 사랑하기 때문이었다. 감사는 곧 행복의 진원지였다.

마냥 감사는 살아서 숨을 쉬고, 가정을 이루고, 밥을 먹고, 건강하게 살고 있는 것만으로도 충분하지만, 내 마음의 뿌리 깊은 감사는 마음의 가벼운 상처의 치유로부터 얻어지고, 남들과 잘못된 아픔의 관계회복으로부터 주어지고, 넉넉한 부족함에서 나옴을 알 수 있다.

우선 남에게 행복이 주어지면 나 또한 덩달아 행복해지고 감사의 마음이 솟아난다. 그러나 남에게서 행복을 겁탈하고, 행복의 뿌리를 짓밟으면, 나는 세상에서 설 자리를 잃고 감사의 힘을 잃는다. 나는 나 혼자 존재하는 것이 아니라 세상과 함께, 더불어 공존하기 때문이다. 어쩐지 세상이 어두워 보이면 불안하고, 불편하고, 마음이 아려온다. 서로 사랑하고 아끼는 가운데 내 존재와 그의 존재가 빛을 발하기 때문이다.

나는 오늘도 행복하고 흐뭇한 마음이 어디서 오는지 주위를 둘러본다. 행복과 기쁨은 나의 진하고 아릿한 고통 가운데에서 작지만 참맛을 느끼게 한다. 나는 나 자신을 들여다보면 짜증스럽고 화가나고 자신을 짓이기고 마구 구겨버리고 싶지만, 나를 둘러쌓고 지켜주는 다소곳한 이웃이 있기에 언제나 하루를 행복으로 이어간다. 어둠에서 눈을 비비고 느끼는 희미한 감사는 아주 소소한 마음결로부터 온종일 심장을 벅차고 설레게 한다. 어쩌다 이 자리에 있게 되었고, 사랑을 나누고, 세상을 바라보게 되었는지…. 생각만 해도 눈시울이 촉촉해진다. 어렵사리 고통의 틈새를 돋보기로 들여다보면, 그건 내가 버리지 못한 미움과 증오와 질시와 탐욕의 그림자 결로 드리운 생각들이다.

근근이 밥술이나 뜨고, 하루를 연명하는 것만으로도 인간에게 주어진 행복이고, 은혜이고, 삶의 아름다운 모습인데 죽음을 이긴 인간에게 더 크고 귀한 일이 무엇이겠는가? 죽고 살고, 병들고, 생명을 고치고, 세상을 사는 은택이야말로 행복이고, 참으로 감사할 일이 아닌가? 일각(一刻)에 살다가 세상을 하직할 사람들의 생각에는 지금을 살고 있다는 사실 이외에 감사는 무엇으로 가득 차 있을까? 앞으로 더 산다는 소망으로? 아니면 눈을 감으면 천지가 흑암인데, 눈앞이 점점 밝아오고, 생각의 빈틈이 남아 있다는 것으로 감사하다고 말할까?

나는 자신에 대항하여 번듯하게 싸우기 위해서라도 몇 날 며칠을 더 살아야겠고, 아직도 의젓하고 당당하게 살고 있음을 보이고 싶다. 훗날 혼자 이곳저곳을 떠돌다가 무연(憮然)히 세상에서 잊혀질지라도, 그때 이것이 내 모습이라고 내보이며 더 오래 사는 것은 욕심이고, 세상의 그림자로 사는 것에 지나지 않는다고 들려주고 싶다. 오늘은 내일을 위한 감사이고, 행복의 징후이다. 나는 오늘도 세상의 이모저모를 사모하며 돌아보지만, 안개같이 잡히지 않는 것들뿐이다. 그래서 주어진 생명만큼 사는 것만으로 이미 행복하고 감사하다. 감사는 사랑의 성을 쌓고 꿈을 펼치며, 행복한 죽음을 싹틔우는 뿌리이다.

나는 일어나기 이른 아침에 실컷 게으름을 피우며, 무거운 머리를 비우고, 오랜만에 겨울다운 안개 낀 거리를 걷는다. 마치 드라마 같은 배경으로 미세먼지가 짙게 깔린 거리를 마스크와 벙거지를 쓰고, 머플러로 몸과 마음조차 돌돌 두르고, 잿빛 어둠 속을 통해 입김을 훅훅~ 불며 컴컴한 하늘을 쟁기질하듯 갈아엎는다. 거리는 꽁꽁 얼어붙은 설원 같다. 어디서 나타났는지 눈을 치우는 청소차가 길을 쓸어 내며 거리를 요란스럽게 내달린다.

눈썹에 눈송이 같은 서릿발이 서린 나는 오래간만에 겨울의 운치를 맛보며, 세상이 잠 깨기 전에 인간들이 북적이는 장마당으로 향한다. 그곳에서 나는 잠을 설치고 사랑과 미움을 사고팔기 위해 흥정을 붙이며 옹기종기 모여 삶을 준비하는 사람들을 만난다. 그들은 철공소의 장인(匠人)처럼 장도(長刀)를 단련하고 벼리며 지체 장애인처럼 어렵게 살지만 나무할 데라곤 하나 없이 꿋꿋이 자기 몫을 한다.

비록 매일 만화경같이 자신을 자유자재로 변신하지만, 본질은 하나
이다.

글을 쓰고 생각하는 사람은 마음과 생각을 화선지 위에 그려내고,
당당히 삶의 무대로 옮겨 그럴듯하게 물을 주고 흙을 숨고 다지고
꿈을 심고 가꾼다. 그리고 생각과 삶을 아름답게 꽃피운다.

삶이 있는 한, 그곳은 아직 개척되지 않은 사랑의 원시림이다. 내
가 그 안에서 살고 생각을 나눌 수 있음은 아직도 스스로 개척할 여
지가 남아 있는 자연이기 때문이다.

삶은 매 순간 행복과 감사가 끊임없이 흐르는 축복의 시간이고,
그 자체가 살아 있는 생명임을 내가 오늘 다시 공감케 한다.

행복은 나의 진실한 감사로부터 흘러나오는 믿음과 소망의 실체이
고 또한 꽃 피운 열매이다.

죽음은 *사랑*의 대명사
– 김문익 교수

하루가 시작하는 어느 날 아침, 나는 기억에서 잊힌 한 얼굴이 불쑥 떠올랐다. 일찍이 대학원 강의를 수강하고 개인적으로 친밀한 관계를 유지해 오던 '김문익 교수'의 얼굴이었다. 대학을 졸업하고 전문 사진작가에 흥미가 많았던 그는 늦깎이로 대학원 세미나에 참여한 학생이었다.

학위논문을 쓰면서 간간이 나와 친분을 쌓고 지도를 받은 그는 마침내 석 박사 학위논문 심사를 무난히 통과한 후, 전문대 교수로 자리 잡고 나에게 감사를 표하고 싶다며 기억에 남을만한 사진을 확대하여 벽걸이로 제작할 것을 제안하고, 내 앨범에서 명함판 사진 한 장을 뽑아 갔다. 그리고 얼마 후, 그는 커다란 벽걸이 액자 사진으로 인화하여 나에게 가져왔다.

사진 배경은 눈 내린 겨울에 동료 교수들과 지리산 뱀사골 오름새에 있는 간장소 표지판 앞에서 찍은 사진이었다. 나의 젊은 시절을 추억하기에 충분했던 기념사진을 그 후 나는 늘 서재에 걸어 두고 젊었을 당시를 회상했다. 그리고 나는 개인적으로 그가 생각날 때면 전화를 걸어 안부를 묻고, 그의 가족과도 만나 교분을 쌓기도 했다. 그러나 전문대학 교수로 임용되어 학생 지도와 연구 생활로 바쁜 그는 나와 자주 소식을 나눌 기회가 없어지자 친분을 쌓아온 그와의 관계는 점점 소원해졌고, 어느 때부턴가 가끔 전하던 소식마저 끊겼다.

갑자기 그의 소식이 궁금해진 나는 수소문하여 그를 찾았으나 그가 대학에서 열심히 연구하고 있다는 것 이외에 무엇을 하는지 도통 알 수가 없었다. 그러던 어느 하루, 그의 동료 교수로부터 우연히 전해 들은 소식에 의하면 3개월 전에 뜻하지 않게 죽음을 맞이했다는 것이다.

일찍이 암을 지병으로 앓고 있었던 그는 겉보기에 건강해 보였지만 결국 심각하게 전이된 병세를 이기지 못했다는 것이었다. 오래전부터 항암치료를 계속 받았다는 소식을 전해 들었지만, 항상 세상을 밝은 얼굴로 병을 원망하거나 절망하지 않던 그에게 끝내 암세포가 폐까지 심각하게 전이되었다고 했다. 그러나 그는 그 와중에도 병으로 고생하는 이웃을 오히려 걱정하며 투병 생활을 독려했고, 신앙생활도 아내와 더불어 아름답게 시작했다고 했다.

김 교수는 속이 깊고 진득하니 긍정적이었으며, 심성이 바르고 남에게 늘 짐이 되지 않으려 애썼다. 언제나 친절하게 웃음을 나누던 그였기 때문에 나는 그의 죽음의 소식에 대해 반신반의했다.

그의 죽음 소식을 듣고 나는 마음의 아픔을 이기지 못하여 이후에 만나는 사람마다 기회가 있을 때면 그들에게 진정한 인간애가 무언지 아느냐고, 일찍이 인간을 순수하게 사랑해 본 적이 있느냐고, 김 교수의 신실한 마음과 열정을 통하여 질문에 매달렸지만, 그의 죽음은 나에게 가늠할 수 없을 만큼 힘든 아픔을 주었다. 그의 소식을 전해 듣고 나는 밤새도록 눈을 붙일 수 없었고, 한동안 잠자리에서 끈질긴 그에 대한 생각에서 벗어날 수 없었다. 그가 나에게 남긴 것은 티 없이 깨끗하고 맑은 마음, 곧 사랑하는 순수한 인간애였다. 나는 일찍이 그의 죽음에 대한 소식만큼이나 참담한 마음을 경험해 본 적이 없었기 때문에 더욱 힘들었다.

죽음은 내가 이전에 심각하게 여겼던 진정한 사랑의 마음과 진배없었다. 한마디로 죽음은 '보고 싶고, 만나고 싶고, 기억하고 싶고, 마음에 오랫동안 접어두었다가 생각이 동할 때면 슬며시 보고 싶은 마음의 대상이고, 슬픔이 저린 그리움의 대상이었다.' 죽음은 생각날 때 꼭 붙잡아 두고 싶도록 눈물이 나고, 언뜻 가슴에 미어져 오는 사랑과 같은 애틋한 마음이었다. 이를테면 그의 죽음은 곧 나에게 사랑의 대명사였다. 그런 죽음을 나는 지금껏 이성적이고 관념적으로만 생각하고 이해하려고 했던 것이다.

넓은 호숫가에서 마음을 열고, 아름다운 꿈을 펼치며, 꽃바람에 민들레 꽃씨처럼 날리는 마음의 광활한 평안함, 자유로운 마음이 사랑이었음을 지금까지 나는 고백하지 못하고 느끼지 못했다. 잔디밭에 두 팔다리를 쭉 뻗고 창공에서 새와 나비와 잠자리들이 날개를 휘저으며 나는 광경을 바라보고 언젠가 다시 찾아볼 수 있도록 꿈과 마음에 심어 두는 것이 사랑이라는 것을 미처 몰랐다.

나는 마음속에 봄이 깊어가는 날, 밤잠 못 이룬 이른 아침 녘에 이부자리를 걷어치우며 사랑을 일깨우고, 김 교수의 그림자를 찾았던 것은 참으로 신선했다. 내가 보고 느끼고 싶은 사람을 향한 진솔한 사랑이 죽음의 그림자라는 것을 몰랐던 것 때문이었을까?

이미 그는 세상에 자신을 흙과 먼지로 뿌리고, 자신의 자유를 만끽하며 모든 사람에게 행복한 마음을 심어 주고 있다는 생각에 가슴이 미어졌다. 그것이 바로 남몰래 남긴 그의 따뜻한 사랑의 흔적이기 때문이었다.

한순간 보고 싶고, 만나고 싶고, 애타게 기다리며 눈물을 흘릴 여유를 갖고 그리워하고 있었다면, 그것은 일찍이 깨닫지 못한 깊고 넓은 사랑의 마음이었고, 변하지 않는 그리움의 맥이었고, 언제 다시 들을 수 있을지 모를 기약 없는 사랑의 소리였다.

그는 소리 소문도 없이 세상을 떠났지만, 마음에 남은 그의 깨끗한 마음의 그림자가 오늘도 사무치게 그리웠다.

그에 대한 사랑은 마음의 나눔 가운데 면민이 넘치고 잔잔히 흐르는 강과 같은 정감을 자아내었다. 사랑은 잠잠한 마음을 부풀게 하고, 광풍과 같은 감정을 고요히 잠재우고, 세상을 자기 맛과 멋에 따라 길을 내고, 꽃잎으로 수놓고 물들이고, 자기 안에서 꿈을 나누는 것이었다.

⚜

김문익 교수를 생각하면 나는 결코 잊지 못할 에피소드가 얼핏 떠오른다. 아마도 웃고 넘기기 아까운 기행(奇行) 때문이다.

어느 날 그는 젊은 대학원 동료생 '유한양 선생'과 함께 내가 사는 길갓집에 불시에 방문하여 밤늦도록 시간을 보내다가 얼큰히 취기가 오르자 귀가한다고 자정이 넘어 집을 나섰다. 내가 사는 개인 주택은 대로변에 있었기 때문에 귀가한다고 나선 그들은 취기를 이기지 못해 대문 앞에서 그만 쓰러져 길가에서 잠이 드는 기행을 부렸던 것이다. 다행히 더위가 푹푹 찌는 여름이라서 자정을 넘긴 새벽녘 거리는 시원했고 한산했다. 취기가 오른 김 교수는 대문 앞 가로수 은행나무를 등걸이로 삼아 기대어 잠들었고, 동료 '유 선생' 또한 길 건너편에 마주하는 가로수를 등에 지고 잠에 취했다. 아침 일찍 문밖에 나간 나는 잠에 취해 있는 이들을 발견하고 깨워 일으켜 세우자 지난밤에 무슨 일이 있었는지, 어떤 상태에 있었는지 기억하지 못했고, 무안해서 일어나자마자 계면쩍게 부리나케 택시를 타고 각자 집으로 줄행랑을 쳤다.

그 후 그들은 두 번 다시 같은 기행을 행하지 않았지만, 졸업을 할 때까지 이 일은 그들에게 일생에 단 한 번의 일탈로 기억되었을 것이다.

두 사람은 각자 연구 과정을 마치고 적성에 맞는 진로를 택하여 하나는 대덕단지 연구소의 연구원으로 자리를 옮겨 결혼을 한 후, 다복한 가정을 꾸렸고, 내가 그토록 소식이 듣고 싶어서 찾았던 김 교수는 석 박사 연구 과정을 마친 후, 춘천에서 전문대학 교수로 임용되었다.

두 사람 모두 건강의 위기인 암의 위기를 경험했으나 특별히 김 교수는 죽음의 문전에서 더 이상 버티지 못하고 마침내 꼬꾸라져 자신을 세상에 한 폭의 사랑이라는 화폭에 담아 그림자로, 메아리로 남기고 흔적을 지웠다. 그토록 내가 만나보고자 궁금했던 김 교수는 그해 늦은 가을에 낙엽처럼 죽음의 미학을 가슴에 간직한 채 세상을 등지고 말았다. 오랫동안 소식이 없어서 그를 수소문 끝에 찾았을 즈음엔, 이미 3개월 전에 죽음으로 세상을 청산하고 사랑을 되돌려 받았다고 했다.

그는 평소에 특별히 등산을 즐겼고, 체력 단련에 열의를 가졌으나 암은 악화 일로로 치달아 상태가 급속도로 좋지 않았고, 결코 항암 치료도 자신의 건강을 지켜 주지 못했다고 했다.

잊힐만하면 때로 집에 찾아와 고충을 이야기하고, 안부도 전했던 그는 건강회복을 위한 생활에 게을리하지 않고 있다는 소식만 나는 간간이 전해 들었다. 특별히 산이 좋아 시간이 나면 강원도와 지리산 등 전국을 누비며 산행을 했던 그는 아픈 몸을 잘 참고 견뎌냈다. 폐암, 위암, 간암 등 수술의 후유증으로 음식물을 잘 섭취하지 못한다던 그는 가끔 찾아와 음식을 제대로 섭취하지 못하는 나에게 조언하고 위로도 해 주곤 했다. 그는 나와 만나면 항상 웃는 얼굴로 건강을 과시했고, 늦깎이로 신앙에 입문하여 아내와 더불어 신앙생활에도 열정을 기울였다.

그 후 암은 마지막에 폐로 전이되어 건강이 심각했다는 후문만 남기고 오랫동안 소식을 단절한 채 일엽편주와 같이 세상을 하직했다고 했다.

생각해 보면 이렇듯 살고 죽는 일은 정해진 바 없이 하늘에 달려 있으니 그토록 건강을 지키려 했지만, 김 교수는 한동안 병원에 숨어들어 눈에 뜨이지 않았다.

일찍이 나는 가끔 내가 생각하고 있던 사람이 눈에 오랫동안 보이지 않고 소식이 들리지 않으면 그에게 신변에 문제가 생겼다는 적신호로 인식했으나, 김 교수에게 죽음에까지 이르렀으리라는 생각을 하지 못했던 나는 가슴이 철렁 내려앉았다.

그래서 평소에 나는 가끔 얼굴이 보이지 않는 궁금한 얼굴들을 내 나름대로 체크하고 직장이나 지인들을 통해 수소문하여 근황을 알아보곤 했다. 내가 그토록 찾았던 그도 세상을 떠났다고 직장 동료가 알려줬기 망정이지, 그렇지 못했다면 아직도 그에 대해 소식을 듣지 못했을 것이다. 그에 대한 죽음의 소식을 들은 나는 허무함이 갑자기 봇물처럼 터져 쏟아져 내렸다. 겉으로 투병 생활에 아무런 문제도 없어 보였던 그가 갑자기 세상에서 수증기처럼 증발되었다는 것이 믿기지 않았다. 나이에 비하여 아직 젊은 사람들 사이에서 무명지인으로 잊히고 사라졌다는 것이 너무나 속상하고 가슴이 아팠다. 먹여 살려야 할 처자식이 있고 할 일도 많은 나이에 자기 자리를 한순간에 깨끗이 치우고 비웠다니 마치 나에게도 피할 수 없는 현실 같아서 오랫동안 심장이 멈추는 듯했고, 환하게 웃는 그의 얼굴이 뇌리에서 오랫동안 떠나지 않았다. 나는 분명히 한 번쯤 더 그를 만나고, 보고 싶었는데….

그는 시간과 함께 머릿속에서 점점 희미해져 갔고, 기억의 무덤에서 그를 다시 찾아내기란 힘겨웠다. 그는 내가 분명히 보고 싶은 사람이었지만, 지난날 니에게 남아 있는 그리움의 흔적마저 모두 지우고 떠났다. 아마도 그 역시 마지막 숨을 고르면서 고통 가운데 사랑하는 가족과 지인들마저 홀연히 잊고 떠났을 것으로 생각하면, 나 자신은 더욱 초라했다. 왜냐하면, 멀쩡했던 한 사람을 기억에서 지운다는 것은 쉽지 않았기 때문이다.

나는 잊는 아픔을 이겨내기 위해 얼마 동안 수면제를 찾아 안정을 찾은 후 잠을 청할 수밖에 없었다. 이것만이 김 교수에 대한 기억의 고통에서 벗어날 수 있었고, 무거운 그리움으로부터 위로를 받을 수 있었기 때문이었다.

가끔 이처럼 나는 예감이 살아 있는 동안 생각나는 사람의 소식이 들리지 않으면 궁금증을 자아냈다. 그러면 나는 그들을 기억이나 생활을 통해 한동안 이리저리 찾아 헤맸다. 그러나 때로는 일찍이 잊어야 했을 사람을 비롯하여 기억의 고리에 엮인 사람들을 나는 텔레파시를 통해 찾고 응답이 오기를 기다리기도 했다.

오늘도 나는 오래전부터 생각의 주변에서 막연히 연락이 오기를 기다리던 사람을 기억에서 찾아냈다. 물론 그에 대한 소식은 '김 교수'처럼 놀랄만한 것은 아니었다. 다만 그의 지난날 생활의 패턴을 복기해보면, 그가 지금쯤 어디서 어떻게 지내는지 거미줄 같은 기억의 끈적거림에서 느낄 수 있었기 때문이다.

늘 마음이 쓰이는 얼굴

　오늘도 기억에 남아 있는 일상적인 얼굴들과 함께하는 하루였다.

대학원을 졸업하고 시골에서 중등 보조 교사를 하다가 어렵게 삼고초려(三顧草廬) 끝에 교원 자격시험에 합격하여 충청도 보은에서 중등교사 발령을 받고 직장생활을 시작한 제자가 마음에 쓰이는 얼굴 중 하나였다. 어느 날 나는 이를 포함하여 두어 명 제자들과 한자리에서 얼굴 맞대고 서로 그동안 궁금했던 이야기를 나눌 기회를 가졌다. 내가 만난 자리에서 그들은 주로 자신의 일상에 관해 이야기를 나누었다. 이들이 꺼내 든 주요 관심사는 직장생활과 사생활에 관한 이야기들이었다. 그러나 그들이 이야기 도중 사생활에 깊숙이 들어가게 되면 가끔 나의 입장을 고려하여 예의상 말꼬리를 내 쪽으로 돌렸다.

그중 한 제자는 새로 출간된 산문집에 관심이 있다며

"교수님은 언제 글을 쓰고 출판 준비를 하며, 어느 정도까지 교정하고 편집을 하세요?"

연로한 나에게 시간을 어떻게 보내느냐며 특별히 직장생활에 매이지 않는 내가 부럽다는 듯이 말꼬리를 슬며시 잡고 늘어졌다.

내가 만난 제자들은 현재 대학과 초중등학교에서 교사로 종사하며 어린이에 대한 학교교육과 가정교육에 관심이 많은 교육자였다. 그들은 편한 지리리서 속내를 드러내 놓고 자유롭게 자기들의 주장을 쏟아내며 교육에 대한 어려운 점, 문제점을 털어놓았다. 특히 인기 드라마 『스카이 캐슬』에 편승하여 자녀들을 최고로 만들기 위하여 학교와 가정에서 최선을 다하는 부모의 모델에 어떻게 맞춰가야 할지 모르겠다며 아직 미혼인 제자들은 그 나름 차별화된 의견을 가지고 있었다. 열띤 토론 가운데 미혼인 제자들은 앞으로 닥칠 아동교육에 대해서는 시큰둥하고 무관심했다. 나는 두 제자 그룹의 이야기를 경청하며 담담하게 그들의 의견을 귀담아들었다. 둘 다 그들의 입장에서 옳은 생각이었다. 앞으로 사회는 자기들만의 행복을 추구하며 살아가야 할 대상이기 때문이었다.

결국 '아니면 말고'의 추이에 따라 기혼과 미혼은 둘째로 치고 아이가 있는 가정과 없는 가정으로 사회 분위기는 점점 이분화되어 갈 것이기 때문에 생각도 뚜렷하게 둘로 나뉘었다. 앞으로 생활과 환경에 어떻게 자신들이 적응하고 변화시켜야 하는지는 각자의 삶에 달려 있었다.

어떤 은퇴 교수는 하루 일정을 학교 시간표처럼 빈틈없이 계획하여 건강을 챙기고 취미생활도 세밀하게 실천한다고 하지만, 내 경험에 따르면 나이가 득세하게 됨에 따라 점점 힘을 잃고 의기소침하게 될 것이 불 보듯 빤했다. 아무것도 보이지 않는 빈 백지에 개인적인 삶을 상세히 오밀조밀하게 흐름도로 그리고 설계한다는 것은 일시적인 목표일 뿐, 장기적으로 건강과 환경에 따라서 의미가 변하기 때문에 계획은 그때그때 순간마다 수정하며 현재를 알토란같이 여기고 사는 것만이 실속 있고, 남는 장사가 아닐까 싶다.

은퇴 이후 어떻게 시간을 보내며 지내느냐는 대부분 사람의 질문에 대한 나의 대답은 한결같다.

"솔직히 내가 가진 건 널널한 시간과 손때 묻은 여윳돈 몇 푼이 전 재산이다." 이 상황에서 내가 할 수 있는 일이라곤 오직 주어진 시간과 남은 돈으로 탐내지 않고, 안달하지 않는 생활이고, 내가 배곯지 않고, 문전박대 당하지 않고, 자신이 할 수 있는 일거리를 스스로 만들 수 있다면, 더디고 느릿하지만 느림의 여유가 '나'를 극복해 가는 비결이라고 말한다. 매일 삶과 죽음 사이를 오가며 가로막는 장벽을 뚫고, 언젠가 반드시 서로가 섞여 하나가 될 삶을 찾는 것이 내 인생의 목표이고, 바람이라고 답한다. 그러나 어떻게 해야 하나가 되느냐는 사랑으로 남을 돕고 나누는 가운데 이루어지는 거라고 일러둔다. 특별히 욕심을 부리지 않고 사랑하고 껴안으며 자신을 비우는 것이라고 말한다. 과연 당장에 배불리고 만족스럽게 사는 것과 비교할 때 어떤 것이 옳은지 좋은지, 어떤 것이 현명하고 어리석은지 따지지 않고 주어진 상황에서 자신의 사고와 생활을 바르게 지키는 것만이 최선의 길임을 강조한다.

우리가 시간을 숫돌에 칼 갈 듯이 매일 갈면, 칼날이 닳고, 녹슬고 이가 빠지고 못쓰게 되는 법처럼, 필요 이상으로 삶을 칼갈이를 하거나 찬장에 장식품으로 묵혀 두지 않고, 때에 따라서 적당히 갈고 닦아서 필요할 때마다 꺼내 쓰는 것이 우리의 삶에 유익하다고 말한다.

마치 그 사실을 실증해 보이기라도 하듯 나는 식사 계산대 앞에 서면 나는 공연히 쭈뼛쭈뼛거리며 남의 눈치를 보거나 등을 구부려 신발 끈을 매는 시늉을 하지 않고, 일상 생각대로 거리낌 없이 행동을 한다.

누누이 말하지민 "이차피 내가 가진 건 시간이고 탈탈 털어서 이것뿐"이라며 지갑을 뒤집어 보이고 싶다.

작은 나눔이라도 기꺼이 나눌 수 있을 때에 나누는 것이 나눔의 진국이고, 마음에 낀 앙금을 털어내는 것이라고 말한다.

사람들은 퇴직 후, 허구한 날 가진 것이 시간뿐인데 뭘 걱정하고, 뭣 땜에 자신에게 영광도 되지 않는 일과 시간을 재촉하고 아끼는지 알 수 없다. "잠시만 쉬었다 가자."라는 말에 귀가 솔깃하여 머뭇거릴 법도 한데, 진작 가졌어야 할 시간을 놓치는 것은 생활에서 아픈 촌극을 빚는다. 병들고 고통을 당할 때 뒤로 진료와 치료를 미루는 일이며, 서둘러야 할 기차 시간에 서두르지 않고 느긋한 마음으로 편하게 생활을 추구하는 순간, 시간은 나를 애먼 곳으로 밀어내어 위험에 빠트리고, 때로는 무시하고 비아냥거리며 놀려 댄다. 시간이란 책상서랍장이나, 개인 금고나, 은행 비밀창고에 은밀히 보관해 두는 것이 아니라, 필요할 때마다 자유롭게 찾아 쓸 수 있도록 개방된 사랑의 저금통이나 다름없다. 그 때문에 시간은 적당히 편리하게 사용할 수 있도록 열려 있고, 항상 예비 되어 있어야 한다. 하지만 불행하게도 한번 써버린 시간은 되찾을 수 없이 공중으로 흩어지는 연기 같아서 오늘도 나는 시간의 향내를 맡으며, 소중히 가슴에 품고 시간이 주는 온갖 혜택과 아픔과 사랑을 나누고 쓰는데 비굴하거나 인색하지 않도록 마음을 연다.

시간은 언제라도 길바닥에 버려지거나 빼앗기거나 짓밟혀 버릴 수 있는 개인소유가 아니라 온 세상이 공유하는 것이고, 모든 생명체와 삶에 직결되어 있기 때문에 세상의 마음과 기억이 담긴 얼굴이고,

생명이다. 반드시 빠르고 신속한 생활만이 전부가 아니라, 때로 느림도 우리의 삶을 복되고 알차게 만드는 것임을 일러둔다.

　삼고초려 끝에 직장을 잡은 제자는 이제 마음을 쓰이게 하는 얼굴이 아니라, 건강한 시간 속에서 앞으로의 행복한 삶을 꾸리며 살아가는 모습이 될 것이다. 비록 남들에 비해 잠시 늦었다 해도 그 늦은 시간만큼 알뜰하게 소중한 삶의 자리를 찾아갈 것이기 때문이다.

감사하는 시간

세상 시간을 감사로 잘게 다지고 쪼개 쓰지 않고 무더기로 항아리에 담아 소금처럼 담아두면 어떻게 될까? 아마도 소금 없이는 음식 맛을 제대로 내지 못하는 것처럼 시간이 없으면 다양한 생활의 힘도 맛도 더하지 못할 것이다.

오늘도 나는 "마지막 세대는 악하니 세월을 아끼라,"라는 말을 잊지 않고 머리맡에 붙잡아 둔다. 세월을 아끼라는 말은 세월을 마냥 헛되이 소모하거나 쓸데없이 흘려보내지 말고 그때그때 붙잡아 활용하라는 말이다.

시간이란 손에 잡히지 않고 구름처럼, 공기처럼, 땅에 스며드는 빗물처럼 흐르는데 어떻게 잡아두고 아낄까? 하수구에 버리는 허드렛물처럼 허투루 쓰지 말고, 몸과 마음을 닦고 아끼듯 귀하게 사용하라는 말이다. 따지고 보면 주어진 시간을 쪼개어 맘껏 사용하되 묵히지 말고 적시적소에서 알뜰히 사용하라는 말처럼 자기 자신 역시 넝마처럼 마구잡이로 취급하지 말고 보물처럼 아끼며 귀히 여기라는 말이다.

시간은 아껴둘수록 음식물 쓰레기처럼 악취를 풍기고, 마음에 쓴 뿌리를 내리고, 시궁창처럼 썩는 것이기 때문이다. 시간은 하나님이 우리 인간에게 공평하게 나누어 준 값진 선물이다. 그런데 쪼잔하게 아끼느라 쓰지 않고 어두컴컴한 장롱 구석이나 창고에 깊숙이 꼭꼭 숨겨두는 것은 바보스럽고 불행한 일이다. 결국, 우리 자신은 보잘것없는 시간의 잔재이기 때문이다. 시간은 세상에서 귀한 선물인 만큼 선한 청지기 삶을 통해 그 뜻을 이루기 위해 아끼고, 사랑하고, 기뻐하고, 감사하며 살아야 한다. 훗날 지내온 시간을 되돌아보면 남부끄럽지 않도록, 세상을 향해 열심히 살았노라고 고백할 수 있도록 마음과 생각을 지켜야 한다.

하루의 시간은 생명의 탯줄이다. 선한 생활을 공급하는 통로로 빈번히 깨끗하게 사용하지 않는다면 막히어 생명을 잃게 될 것이다. 세상 빛을 받고 살아보지 못한 시간은 녹슬고 바스러지는 깡통이나 다름이 없기 때문이다. 하지만 시간 중에서도 귀하고 큰 힘을 내는 것은 역시 자신을 희생하는 시간이다. 이는 곧 사랑이 뒷받침해주고 변화의 지렛대 역할을 해주는 것으로 미래에 대한 소망과 꿈을 심어주고, 감사를 뿜어내는 시간이다.

삼십 년 넘도록 직장생활을 한 대가로 받는 작은 은급이 노령의 나이에 내가 먹고사는 데 어려움이 없을 정도라면 하루의 삶을 일구는 데 무엇이 부럽고 부족하겠는가? 자녀들은 독립하여 상대적 빈곤을 느끼지 않고 자신의 미래를 향해 걸림돌 없이 정진하는데 나에게 더 이상 무엇이 필요할까? 남들에게 베풀 수 있는 기회가 주어졌을 때, 이를 피하지 않는다면 족하지 않은가?

요즈음 취직하기 힘들어 하루하루 부모의 눈치를 살피며 용돈을 얻어 쓰려고 손을 내미는 자식들이 있는가 하면, 부모의 외로움을 덜어 주고, 부족한 만큼 더해주느라 자신의 벌이에서 십 분의 일만큼 떼어 노년의 생활에 도움을 주고 있다면 이보다 더 이상 행복할

게 없고 부러울 게 없다. 이럴 때 나는 자식들의 귀한 마음에 고마움을 느끼며, 매일 매일 하루를 기쁘게 열고 사랑으로 숨을 고르며, 삶의 좁다란 골목길을 힘들지 않게 빠져나간다. 이때 내가 얻은 것은 오직 감사이고, 나 자신과 싸워서 얻은 나눔의 전리품들이다.

피부는 쪼글쪼글해지고 죽음이 목구멍까지 차오르는 상황에서 백세시대를 대비하는 사람들을 보며, 나는 하루하루 행복하게 죽을 준비에 여념이 없다. 한가로이 여생을 편하고 안락하게 살고자 여유 시간을 걱정하지 않아도 되고, 백 년의 비커가 점점 차오를 때 마음을 자유로이 한껏 부풀리어 하루를 보내고, 잠자리에 누워 천장을 바라보면 행복하다 못해 가슴이 벅차다. 끈질기게 오래 사는 풍요로운 행복보다 아픔을 가슴에 품고 자신을 짧지만 건강하게 사랑하며 사는 시간이 참으로 기쁘다. 오늘처럼 조건 없이 주어진 대로 삶을 동경할 수 있을 때가 가장 행복하다.

놓쳐 버린 시간을 아쉬워하고 쩔쩔매는 자신이라면, 차라리 지난날을 게워 내는 것 이외엔 달리 대책이 없다. 그렇다고 시간을 거꾸로 토해낼 수 없는 것. 이러다가 시간의 갈고리에서 벗어나면 언제 그랬느냐는 듯 곧바로 얼빠진 자신을 찾아 생각의 미로에 빠지는 것이 사람의 생리이다.

지금쯤 보고 싶은 이는 어디서, 무엇에 현혹되어 세상을 잊고 있을까? 세상은 나에겐 감사의 실마리이고, 출발점인데 무의식중에 던진 말 한마디, 글 한 줄, 행동거지가 이제 와서 가슴을 아프게 긁는다면, 왜 그때는 말의 의미와 생각을 헤아리지 못했을까 싶다.

하루하루 작은 일에서 큰일에 이르기까지 생각해 보면, 누구에게나 감사하고 또 감사할 시간이 있었을 뿐이다. 서운했던 말 한마디로 마음이 아팠다 할지라도 사랑에서 비롯된 조언이고 감사였을 테니까.

감사는 누구에게나 부뚜막에 놓인 눌은밥처럼, 가마솥 숭늉처럼 사랑의 구수한 냄새를 풍긴다. 나는 매일 구수한 눌은밥을 맛보며 오늘의 행복을 느끼고, 부족함이 없는 감사의 시간을 나누고 싶다.

기억의
틈새

나는 요즈음 가끔 기억의 틈바구니에서 잊어버렸을 법한 웃음이 무지개처럼 피어오른다. 아침저녁으로 초중등 학생들이 등하굣길에 심심치 않게 대문 초인종 버튼을 누르고 골목길로 재빠르게 달아나던 모습들이며, 성인이 된 늦깎이 대학생 제자들이 자정 즈음, 술에 취해 대문 앞을 지키고 서서 나를 기다리고, 심지어 잠자리에 든 나를 동네가 떠들썩하게 깨우는 일들이 함박꽃처럼 피어난다. 그뿐만 아니라 느지막이 시내에서 친구들과 시간을 보내다가 호주머니에서 술값이 바닥나면 길가에 있는 내 집을 목표로 삼아 서슴없이 찾아들기도 했던 낭만의 때가 그립다.

나는 벨을 누르고 문밖에 서 있는 학생들을 집안에 불러들여 그들과 젊음을 논하며 고충을 나누어 듣기도 하고, 밤이 깊어 가게 문이 닫히면 지하실에 내려가 담금술을 퍼 오기도 하던 때, 마치 젊음의 추억을 쌓고 즐기기라도 하듯이 거리감 없이 지내던 때가 그립다.

그중에 허물없이 친분이 쌓인 제자들은 시내 주점에서 술값이 떨어지면 전화를 걸어 술값을 빌려 달라고 하던 어리고 철없는 젊은 학생들이 머릿속을 스친다. 다음 날 아침에 그들은 언제 그랬느냐는 듯이, 미안함도 없이 나를 친구처럼 부모처럼 웃으며 대했고, 어쩌면 얼굴을 들지 못할 정도로 짜증스러웠을 일을 까맣게 잊고 멀쩡히 다음 날 학교생활을 이어 갔던 그들. 이러한 일 중에서 결코 잊지 못할 특별한 기행(奇行)은 길바닥에서 가로수에 기대어 잠드는 일탈이었다.

추억을 쌓은 어느 친구는 이미 세상을 떠났고, 빛바랜 흔적만 내 기억에 남겼다. 역시 나의 기억을 헤집어 보면, 보고 싶은 얼굴들이 하나둘씩 늘어나고, 누군가는 세상과 죽음으로 가로막힌 생명의 벽을 깨부수고 하나가 되었고, 너와 내가 구별 없이 세상에서 서로 빤히 마주 보고 희멀거니 웃으며 시간 속으로 빠져들었다. 이것은 곧 삶이고, 죽음이고, 결코 나눌 수 없는 생과 사의 아름다운 지평선이었다.

그들은 지금쯤 어떤 삶의 모퉁이에서 무엇을 하며 누구를 기다리고 있을까? 연민과 사랑, 그리움과 아쉬움, 생명의 구더기들이 우글거리는 깡통에 뱉어낸 가래침과 누런 담뱃진과 악취 속에서 잃어버린 꿈을 찾고 있을지 모른다.

삶과 죽음은 면도날과 같아서 한쪽으로 기울면 죽음의 나락으로 떨어져서 교만과 불행 속으로 함몰되지만, 반대편으로 기울면 삶과 생명, 겸손과 기쁨이 기다리고 있다. 죽음과 같은 절망과 실패에서 벗어나서 새 생명을 얻기 위해 나는 기다림에 지쳐 오늘도 면도날 위에서 위험한 줄타기 곡예를 펼친다. 그리고 산울림같이 가늘게 울려 퍼지는 세상의 소리를 엿들으려고 눈과 귀를 가늘게 열고 숨을 고르며, 사랑한다고 고맙다고 일성을 터트리고 심호흡한다.

평소에 쉴 틈 없이 시간마다 감사하다고 읊조리는 것은 우리의 삶에 인이 박여 있은 지 오래이지만, 그래도 언제나 시간이 지나도 부족하고 끊이지 않는 것은 '고마움'이다. 이러한 삶에서 내가 현명하게, 그러나 바보스럽게 사는 방식은 반복해서 기억의 잿더미 위에 감사의 불씨를 붙이는 것이다.

나는 아직도 끝나지 않은 허기진 기억들을 노으기 위해서 고통의 진액과 사랑의 흔적을 움켜잡고 기억의 틈바구니를 메우며 새롭게 단장을 한다. 세상은 곧 무너질 듯 어지럽고 불안하고 두렵지만, 하나님은 언제나 여유롭게 우리 삶에 빈틈을 주고, 벌어진 생활의 줄 눈을 자신으로 짓이겨 채워가길 원한다. 생활의 줄눈 틈에서 흘러나오는 고통은 아련한 사랑과 믿음, 그리고 마음의 평화, 거룩한 기다림으로 짜낸 고소한 참기름과 같은 것이다. 나는 매일 손끝으로 고통을 찍어 맛보며 생기를 얻고, 고마움을 느낀다. 그것은 생명수이고, 죽음의 뿌리에 깊이 박힌 솟대이고, 삶의 풍향계이고, 믿음의 푯대이기 때문이다.

기억은 내 마음의 안식이요, 향수라서 먼 곳으로 냄새를 풍기며 내세상을 향기로운 낙원으로 만든다. 나는 매일 기억의 향내를 맡으며 어려울 때 마음을 흔들어 힘을 돋우고, 절망 가운데 눈을 뜨게 하며, 삶 속에 새 힘을 불어넣어 주고, 좌절하지 않도록 그리움으로 충전시켜 준다. 또한, 이미 세상을 떠난 영혼을 잊지 않도록 기억의 북데기에 온갖 보고 싶은 마음, 만나고 싶은 애절함을 심어 둔다.

나는 기억 속의 아름다운 모습을 생각하며, 다시 만나서 이야기를 나눌 수 없음에 마음이 아파온다. 아무런 흔적도 없이 호젓이 떠난 영혼들의 모습에 눈물을 적시고, 가슴이 찢어지고, 할 말을 잊지만, 기억의 틈이 날 때마다 그들을 그리워하며 마음에 불씨를 지피고 고이 간직한다. 비록 그들은 가고 없어도 내가 함께했던 자리 어느 구석에선가 애틋하게 가슴을 태우며 기다려 줄 것만 같기 때문이다.

이발과
나의 *생활*

이발은 나에게 어떤 의미가 있는가?

단순히 머리 미용이 전부인가, 심성과 대인관계에 어떤 영향을 미치는 건가? 나는 두어 달에 한 번쯤 미용실에 간다. 너풀거리는 머리를 깎거나, 파마를 하기 위해서이다. 그런데 나는 미용 의자에 앉으면 눈앞이 허옇고 귀가 먹먹해지고 아무 소리도 들리지 않는다. 이 시간은 나에게 우주 공간을 나르는 비행선 안 같고, 마치 사형수가 전기의자에 앉는 것처럼 끔찍하고 두렵기 때문이다. 당연히 의자에서 편한 자세로 앞을 보고 있으면 되는데 이발 시간만은 왠지 마음대로 움직일 수도 없고, 미용사가 시키는 대로 해야 한다는 강박관념에 사로잡혀 있기 때문이다. 마치 어린아이들이 치과에 가기 싫어하듯이 나는 이발소에 가서 거울 앞에 앉는 것이 싫다. 멀뚱멀뚱 거울 속을 바라보는 내 몰골은 언제나 흉물스러웠다. 이것은 한두 달에 한 번 꼼짝없이 내가 지켜야 할 의례적인 시간이다. 의자에 앉아서 할 일 없는 기다림의 시간은 생각을 지우고, 두려움을 키우고, 가끔 어처구니없이 멍 때리지만, 때로는 나만이 머리를 비우고 갖는 낭만의 시간처럼 느껴지기도 한다.

어쨌든 나에게 미용실에서 차례를 기다리는 시간은 음식점 앞에서 줄 서서 먹을거리를 기다리는 짐승처럼 참을 수 없는 굶주림의 덕장과도 같다. 기다리는 지루함은 용광로 불구덩이에 빠져 들어가는 것처럼 두려워 빨리 뛰쳐나오려고 발버둥을 치며 자신과 사투를 벌인다. 그래서 머리를 깎으면 머리를 감지 않고 대충 드라이기로 머리털을 털고 집에 돌아와서 감는다.

나는 이발을 앞둔 하루는 온종일 아침부터 마음이 무겁다. 그래도 마음이 조금이라도 편할 수 있다면, 예전에 다니던 미용실을 찾아 미용사와 눈을 마주치고 아는 척이라도 하면 마음이 조금은 안정된다. 3년 전 다른 동네로 이사를 한 이후에는 매번 머리를 손질할 때가 되면 어디로 갈까 망설이기 일쑤다. 왜냐하면, 내가 안면을 익힌 미용실이라면 쓰잘데기 없이 내 시간과 정신을 훌쩍 빼놓지 않아도 되도록 미용사가 알아서 빠르게 처리해주기 때문이다.

과거의 미용실은 동네방네 사람들이 모여 세상 이야기를 나누는 자리로 소위 사교적 모임 정도의 살롱과도 같았고, 사랑방에서 동네 어르신들이 장기나 바둑을 두며 하루를 보내는 객잔과도 같은 곳이기도 했다. 하지만 지금은 예전과 같은 분위기의 휴식공간이 아니라 삭막하고, 때로는 장터처럼 잡다한 뜨내기들이 시끌벅적 들끓는 곳이다.

미용실은 귀가 열리고 생각이 있는 사람이라면, 자신과 전혀 관계가 없는 소소한 입소문에 이르기까지 귀동냥하고, 이목을 넓히는 대기실로 이용된다. 이 때문에 들리는 이야기라면 빼놓지 않고 모조리 들어야 한다. 하지만 필요 없이 횡설수설 나누는 시간을 빼면 이발 시간을 어느 정도 줄일 수도 있을 텐데 상황은 꼭 그렇지만은 않다. 한번 자리에 앉으면 다음 머리 손질 순서가 올 때까지 생각 없이 기다려야 하기 때문에 참으로 무료하기 짝이 없다. 고객들이 고리탑탑

한 지난 이야기부터 무관심한 세상사와 개인사에 이르기까지 무분별하게 쉴 사이 없이 입담을 늘어놓다 보면, 족히 2시간이 훌쩍 지나고, 내 기다림의 인내 시간은 데드라인을 넘어선다.

더구나 아내와 미용실에 동반했을 경우에는 아내의 머리 손질이 끝나는 시간까지 덤으로 기다려야 하기 때문에 될 수 있으면 같은 시간대에 아내와 같이 미용실을 찾는 경우는 피한다. 그렇다고 남자들의 이발만 전문적으로 취급하는 마땅한 이발소를 찾기도 쉽지 않다. 그러던 어느 날 나는 드디어 집 근처에서 미용실을 찾아 단골로 등록(?)하여 벌써 세 번째 이발을 하였다. 내가 찾은 미용실의 이용사는 말없이 머리 손질에만 치중하였고, 손님도 많지 않아 내가 우려했던 기다림과 수다 떠는 문제는 쉽게 해결할 수 있었다. 게다가 그는 남자 미용사인 만큼 시원스럽게 머리를 빠르게 손질해 주었다.

이처럼 생활에서 일일이 신경을 써야 하는 내 성격 머리에 이발 자체가 마음에 들지 않았지만, 사회와 환경에 적응하기 위해 어쩔 수 없이 한두 달에 한 번쯤은 미용실에 머리를 맡기는 생활을 포기하지 않고 있다. 특히 아내가 나의 지저분한 머리에 입을 대고 잔소리를 하기 때문에 머리를 깎을 때가 돌아오면 하루쯤 편한 날을 위해서 이발을 소홀히 여기지 않는다. 한 날을 잘 이겨내면 두어 달 동안은 아내로부터 잔소리를 듣지 않고 편하게 지낼 수 있고, 머리는 미투리를 쓴 것처럼 가볍고 시원하기 때문이다.

머리를 깎는 시간은 비록 지루하고 답답하여 짜증이 나지만, 정신을 맑히고, 마음도 가다듬고, 남에게 깔끔하게 보이기 위해서는 필요하다. 나에게는 아직도 익숙하지 못해 불편하고 껄끄러운 이발 시간이지만 때로는 악어의 단단한 등껍질과 같이 굳은 삶의 가려움증에서 벗어나기 위하여 잠시 참고 기다려야 하는 시간이다. 가끔 나는 몸을 시원하게 긁적거리기 위해 진흙탕에서 뒹굴고 물속에 몸을 숨긴 채 두 눈만 물 위로 치켜뜨고 먹잇감을 낚아채려는 악어의 자세로 미용실 안을 살피며 어느 때든 뛰쳐나갈 궁리만 한다. 하지만 흙탕물로 더럽혀진 하루를 깔끔하게 지켜줄 다른 하루가 있기 때문에 이발을 포기하지 않고 귀찮더라도 가만히 참고 견딘다.

이발하는 시간은 까칠한 자신의 겉모습을 매끈하게 단장하고, 한번쯤 잊었던 자긍심을 가져보는 시간이다. 비록 추저분하고 볼품이 없는 외모 일지라도 이발을 하고 거울에 자신의 앞뒤를 비춰보면 자신감이 생기고 흐뭇해지기 때문이다. 이런 기분을 왜 미리 이를 터득하지 못했는지 매번 이발을 할 때마다 후회를 한다.

덥수룩하고 지저분한 머리를 바르게 정리하여 자르면, 머리도 한결 시원하고, 마음도 가볍고, 몸도 가뿐해서 훨훨 날 것 같은 마음의 변화를 가질 수 있다. 이발하는 행위는 마치 몸과 마음을 조각칼로 새기고 분장하는 기분을 들게끔 할 뿐 아니라, 생활의 무거운 감정을 세탁기에 넣어 빨고 묵은 먼지를 공기청정기로 털어내는 것과 같다.

젊은 나이에 한 번쯤은 머리에 새 둥지를 틀고, 자유분방하게 생활하는 멋쩍은 생각도 품어보지만, 머리를 자르지 않고 수염도 깎지 않고 추저분하게 자신을 지키려는 행위는 시대에 역행하려는 자세로 오히려 게으르고 나태한 타성에 젖어 보려는 핑계로밖에 보이지 않는다. 각자 생활환경과 판단 기준에 따라서 다른 편향을 가질 수 있지만, 일상적인 생활에 적응하려다 보면 누구나 보편적이고 일반적인 사고와 행위가 요구된다.

미용에서 뿐만이 아니라 몸 전반에 장신구로 치장하고, 기본적으로 화장과 몸단장을 하는 것은 일상생활에서 자신을 사람들에게 어필하기 위해 필요하다. 손톱이나 발톱에 색칠하여 아름답게 표현하는 네일 아트(nail art)나 제모 하는 왁싱(waxing)이며, 신체에 글자나 문양을 새겨 넣는 타투(tattoo)며, 속눈썹(eyelash)을 붙이기까지 어떻게 생활습관을 들이느냐는 자신에게 피해가 되지 않고, 타인에게 불쾌감을 주지 않는 정도에서 갖추어야 할 예의이고, 품격이다.

물론 개인 생각에 따라 다르겠지만, 누구나 자신의 몸치장과 옷매무새 또한 자신에게는 편하고, 남에게 호감을 주는 모습이 현대생활의 올바른 자세이고, 사랑을 받을 수 있는 길이지 싶다. 더불어 성형수술 또한 개성이 있도록 몸과 균형을 맞춰 벗어나지 않고 잘 어울리는 모습은 머리를 개성 있게 자르는 만큼이나 사회에서 사랑을 받는 계기가 되지 않을까?

공짜와
사랑

우리 속설에 "공짜라면 양잿물도 마신다."라는 것처럼 값없이, 자신의 노력 없이 불로소득이라면 뭐든지 더 갖는다는 말이 있다. 이에 비춰 공짜를 좋아하면 이마가 벗겨진다고 농담을 할 정도로 공짜는 무서운 독성을 지니고 있다고나 할까? 하지만 공짜는 마음의 독소가 아니라 어떻게 받아들이느냐에 따라 일명 사랑으로 불리기도 한다. 공짜는 주는 마음, 배려하는 마음, 사랑하는 마음이 다르게 표현될 수 있기 때문이다. 즉, 공짜는 나누어 갖는다는 의미도 있다고 하지만 누구나 가진 것을 대가 없이 나누는 것은 쉽지 않다. 그 때문인지 우리 주변에는 '공거라면 사족을 못 쓰는' 위인들이 새벽부터 사은품을 받고 값싸게 물건을 구매하기 위하여 줄을 서서 백화점이나 가게 문이 열리기를 기다리는 모습을 종종 본다. 아마도 사랑의 결핍으로 냉랭한 마음에 공짜 같은 사랑이라도 받고 싶은 건 아닐까? 상품을 팔면서 선물을 준다거나, 덤으로 준다거나, 세일 광고를 보고 너도나도 필요하지 않을지라도 자그마한 사랑을 나누어 받으려고 줄을 선건 아닐까?

그래도 판매자는 수지가 맞는지 알 수 없으나 사람들은 공짜라는 말에 귀가 솔깃하여 불필요한 물건까지 구매하여 집에 쟁여놓는 경우가 흔하다. 특히 요즈음 각종 상품판매에서 사은품 광고를 보면,

욕심이 동하고 현혹될만한 것들이 수두룩하다. 무엇이 사실이고, 그렇게 해서 얻는 이득은 얼마나 될까 의아스럽다. 이성적으로 생각하면 "밑져야 본전"이라든지, "박리다매"로 판매한다는 상술, 세일 및 할인 행사라지만, 여하튼 노력한 만큼 이득을 남기는 것이 장삿속인데 밑지고 파는 물건이 있다면 뭔가 잘못된 것임이 틀림없다. 그게 공짜라니 마치 로또 복권에 맞을 확률만큼이나 어려운 투기를 거는 것은 아닌가?

이와 유사한 상황이 어김없이 내 생활에도 뿌리를 내리고 있다.

책을 출간하면 주변에 많은 안면이 있는 사람들은 내 얼굴을 바라보고 읽을거리로 주지 않나 눈치를 보며 은근히 기대를 건다. 그리고 어떤 이는 노골적으로 이번에는 책을 주지 않느냐고 다그쳐 묻지만 모른 척 어물쩍 넘기기도 하고, "앗 참!"이라는 변명으로 애써 잊었다고 하며 계면쩍게 훗날 챙겨 주기도 한다. 생각해 보면 저자의 생각과 마음을 아무렇지도 않게 공거로 받아가는 책이 실로 그들에게 얼마만큼 유익하고 관심 있게 읽히는지 알 수는 없다. 책을 주는 입장에서는 받는 사람이 책을 끝까지 읽어 주길 바라는 마음이지만, 대부분은 나로부터 소외되지 않고 책을 받은 것만으로 만족하였다.

저자는 도서를 널리 알리고 싶은 마음에서 많은 부수를 출판사에서 받아 홍보용으로 나누어 주지만, 나는 어느 시점부터는 책을 주는 기부형식이 마뜩하지 않다는 생각이 들었다. 어떤 지인은 다른 사람과 생각을 공유한다는 의미에서 될 수 있으면 많은 책을 출판하고, 친분이 있는 이들에게 많이 나누어 읽힐 기회를 만들어 주려 한다. 소위 책은 거저 얻는 공짜가 아니라 생각의 나눔이고, 마음의 나눔이기 때문이다.

그래서 좋은 책을 출간하기 위해서라면 독자의 관심을 끄는 위트가 있고 센스와 지혜가 풍부하게 남기고, 흥미를 끄는 책을 출판하는 것이 중요하다. 책을 읽는 사람의 마음에 작은 삶의 활력소가 되기 때문이다. 이에 반하여 저자에게는 글을 쓸 수 있는 힘을 실어 주면 커다란 믿음을 주고 도움이 된다. 힘이라는 것은 다름이 아니라 독자나 지인들이 책에 대해 한마디 격려를 해주고 관심을 가져 줄 때 갖는 자긍심이다.

　나는 얼마 전에 출간한 산문집 『감사와 기적이 가득한 귀향길』을 형제들에게 전하였다. 그동안 책 출판에 별반 관심이 없던 형제들이었지만, 이번에는 그의 지인들에게 대견스럽게 자랑하고 나를 알리고 홍보했다. 특히 포항에 사는 여동생은 내 산문집 내용에서 풍기는 일말의 절필 소식이 전달되자, "오빠 계속 쓰세요! 글을 계속 쓰세요."라고 격려해 주었던 것은 내게 크게 힘이 되었다.

　일찍이 대학 시절에 누구나 한 번쯤 신춘문예에 관심을 가져보지 않은 사람이 없었던 것처럼 나 역시 그랬다는 것을 알고 있던 여동생이 나에게 글을 계속 쓰라는 독려는 크나큰 힘이 되었다. 여태껏 책에 대해서 한마디도 언급하지 않던 여동생의 한마디 격려는 천군만마를 얻은 기분이었다. 나는 마침내 마음에만 담고 있었던 생각들을 글로 쓰기 위해 다시 펜을 들기로 작정했고, 이번 산문집을 쓰게 된 동기가 되었다. 동생의 말은 나를 일깨우고 글을 쓰게끔 힘을 돋아 주었다. 그러나 가끔 독자들 가운데 힘을 실어 주기는커녕 힘을 빼는 말로 글에 대해 비평하고 가치도 없는 말로 내용을 부정적으로 전하는 행태이다.

　나에게 관심을 가진 사람들이 나에게 퇴직 이후 어떻게 시간을 보내느냐고, 무슨 일을 하느냐고, 아직도 글을 쓰고 있느냐고 묻고, 흥미를 가져 줄 때 그 한마디는 나에게 글을 쓰는 에너지원이 된다. "할 일이 없으면 집에 들어 앉아 글이나 쓰지."라는 말 대신에 "글을 쓰라!"라고 적극적으로 권하는 마음은 참으로 신선한 용기를 준다.

책에는 많은 생각이 들어가고 생활의 생명수가 흐르고 뿌리를 내리기 때문에 책을 통해서 가진 마음과 뜻을 전하고 숨겨진 생각의 폭을 넓히고 깊이를 더하는 것은 중요한 과제이다. 자신이 전하고자 하는 말을 진지하게 표현하고 토를 다는 일은 마음을 단장하고 의미를 더하는 센스 있는 일이다. 때문에 언제나 글은 자신의 마음과 생각을 지켜주고 세우는 기둥과 서까래와 주춧돌 같고 대들보 같은 믿음을 준다.

그런데 누구는 은퇴하여 노령의 나이에 별달리 할 일이 없을 터 조용히 글이나 쓰라는 둥, 스스로 글이나 쓴다는 사람은 달갑지 않다. 늙었으니까, 할 일이 없으니까, 글이나 한번 써 볼까 흔히들 말하고 권하지만, 글 쓰는 일이 누구나 할 일이 없으면 하는 일인지 반문하고 싶다. 특히 이런 투의 권고는 글쟁이의 자부심과 의기를 꺾고 참으로 의욕과 사명감도 잃게 한다. 글을 써서 특별히 세상에 생각을 남기고 전하기보다 살아온 생각을 정리하고 공감하는 차원에서 길을 찾는 것인즉, 절필하지 말고 그냥 계속 쓰라는 언질은 싫지 않다. 책은 살아온 삶의 인격체이고, 생활의 열매이기 때문에 반드시 진실한 맘과 사랑을 담아 세상의 얼굴로 다시 태어난다면 더 좋을 수가 없다.

비록 세상에서 하찮은 일이라도 책임과 뜻과 소명을 가지고 시작할 때 성공을 이루는 것을 우리는 매스컴을 통하여 자주 접한다. 길거리 포장마차와 시장 뒷골목에서 주전부리를 만드는 소상인이라 하더라도 자신의 명품 음식을 조리하겠다는 뜨거운 열정과 진실을 더하여 음식의 참맛을 전한다면, 누구도 하지 못한 결과를 얻어내어 여러 식객으로부터 보다 큰 호응을 받고 크게 발전하게 될 것이다. 하는 일이 소소하고 보잘것없어도 진심이 담기고 열정과 사랑이 있다면 성공의 문은 항상 열리기 때문이다. 단지 하루 밥벌이 정도로 가볍게 여기는 공짜 같은 사고로 책을 집필하고 생계를 유지한다면 하루하루가 짐이 될 뿐이다.

어쩜 책은 굳게 '나'를 세우고, 마음을 세상과 나누는 영적 공간이다. 때문에 최선을 다하여 자신을 지키고, 어린아이 요람처럼 편안하게 보존되어야 하는 것은 말할 필요도 없다. 이것이 지금까지 글쟁이들의 기조가 되고 생활이 되어 오기 때문이다.

책을 제작하는 주체에 따라서 그 종류가 매우 다양하다. 문학서나 기술서가 있고, 교양을 쌓는 교양서, 흥미 위주의 해학적인 요소가 가득한 통속소설 등이 있다. 그중에는 대부분 마음을 비옥하게 만들지만, 조잡하고 어두운 세상을 모방하고 마음에 해를 끼치는 악서들도 있다. 때문에 독자에게는 항상 마음에 유익한 사고로 세상을 바라보고 선을 나누는 미래지향적인 책을 찾는 일도 큰 과제 중의 하나이다.

세상의 공짜는 자고로 알맹이 없이 의당히 거저 나누어 주는 정도로 여기는 가벼움이 판을 치지만, 때로는 삶의 가벼움, 사랑의 가벼움, 죽음에 대한 가벼움도 인생을 미화시키는 한 요인이 된다. 특히 참을 수 없는 생각의 가벼움은 오늘도 무거운 마음을 내려놓고, 아직 벗지 못한 거칠고 투박한 마음을 파랗게 물들이며, 하늘을 날고 노래하고, 생각의 기쁨도 맛보도록 해야 한다. 참으로 세상에 공짜치고 마음을 무겁게 만들지 않는 것은 없다. 뭐든지 공짜에는 보이지 않는 덫이 쳐 있고 부담이 따르고 자신이 스스로 그 짐을 져야 되기 때문이다. 공(空)은 빈 것으로 여기지만, 가상적인 실상을 말한다. 실체가 없는 추상적인 형태이지만, 특정함 없이 모든 것을 갖출 수 있는 것이 공(空)이다. 경우에 따라서는 사랑과 세상의 모든 슬픔과 두려움과 욕심을 넣어 둘 수 있는 빈 마음, 가벼운 마음이다. 물론 세상에는 공짜라는 미명아래 쓸모없는 것들도 수두룩하다. 하지만 그 중에서 하나님이 주신 세상, 예수님이 주신 생명과 부활은 무엇과도 비교될 수 없는 공짜들이다. 우리는 수없이 많은 것을 공짜로 받고 기뻐하고 사랑을 나누고 자랑하지만, 하나님의 사랑, 이웃사랑과 사회에서 소외된 자와의 나눔은 공짜를 훨씬 뛰어넘는 보석같이 귀중한 것이다. 지저분한 욕심과 잡다한 쓰레기를 가슴에 안고 언제든지 마음만 바꾸면 반전되어 초심 잃게 되는 공짜가 아니다.

우리가 평소에 공짜에 대해 섣부르게 하는 말에서 '공짜는 공것이 아니라'는 의미도 품고 있다. "공짜 너무 좋아하지 마세요! 언젠가 반드시 그 값을 치르게 될 터이니."

공짜는 마음의 눈을 흐리게 할 뿐만 아니라, 마음을 허하게 만드는 욕심의 근간이 된다. 그러나 세상에는 공짜와 같이 보이는 값진 것들이 널려 있다. 사회적 약자에게 주는 도움과 나눔의 유형들이 그렇다. 한편 이들 중에는 순수한 의미의 공짜가 아니라 자신의 유익을 지키고, 자신의 힘을 유지하고, 정책과 자신의 공적을 나타내기 위한 일환으로 선심 쓰듯이 공짜로 남발하는 것들도 많다. 이들은 누군가에 의한 노력의 대가로 보충되어야 할 몫인데도 남이 만들어낸 공적에 힘입어 무분별하게 공짜로 활용되는 일도 다반사이다.

백세시대에 무노동 임금은 사회보장을 위한 방책이라 하지만, 대가 없이 주고받는 것이 후세에 어떤 악영향을 끼칠지 바로 알고, 이것이 현대를 사는 사람들과 사회에 얼마만한 독이 되고, 독을 배양하는 실험실로 전락하는지 분명히 대비해야 한다. 공짜는 엄밀히 말해서 분배라는 선(善)이 아니라 불로소득의 전형적인 악(惡)에 가깝다.

대부분 공짜는 사랑이라는 자양분으로 세상을 바꾸어 줄 것이다. 그러나 독이 가득한 공짜는 우리의 인생을 볼품없게 만든다. 밑도 끝도 없는 공짜라는 유혹과 미끼는 인간의 삶을 파괴하는 파쇄기나 다름없다. 지구상에서 진정으로 공짜의 사랑을 얻어야 할 곳은 연일 TV에서 방영하는 사회, 곧 전염병이 우글거리는 시궁창에서 흐르는 쓰레기 같은 음용수를 앞에 두고 죽음만 바라다보며 구호물자로 겨우 연명하는 국가와 난민사회가 아닐까?

먹고살만한 사람들이 부를 축적하고, 탈세로 배를 불리는 사람들을 볼 때 삶은 처참한 미래의 죽음을 대비하는 대합실일 뿐이다. 사람들의 공짜마음이 과연 죽기까지 자신을 지킬 수 있을까?

공짜는 결국 욕심으로 끝나고 만다. 그 가운데에는 재력과 권력을 동원하여 세상을 자기 것으로 지키려고 혈안이 되어 있으니 무엇 하나 하나님의 뜻과 의지로 되어가는 것은 없다.

빈자리, 가벼운 자리라면 우선 자기 자리로 만들려는 의도가 다분하고, 오늘을 자신의 허무한 꿈과 능력과 무지한 삶으로 채우려 한다. 잿빛으로 빛바랜 삶 앞에는 누렇게 물든 낙엽만이 뒹굴고 고통의 냉기만 맴돈다.

모두 자기 것만 지키기 위하여 주장하고, 두 주먹을 불끈 쥐고 구호를 외치는 촛불집회를 비롯하여 정치적 성격을 띤 장외집회와 거리집회 등을 면밀히 살펴보면 의기투합하여 남의 권익을 대변하는 것도 부정할 수 없지만, 군중을 동원하여 자기 이권을 잃지 않으려는 자구책이고, 세상을 위하기보다 자신을 잃지 않으려고 결사하는 모습으로 비친다. 나도 그것으로 인하여 세상에서 잃어버린 내 것을 찾기도 하지만, 많은 이들은 선점한 자신을 잃을까 두려워 일찌감치 세상 밖으로 피하고, 마침내 자신마저 체념하고 누군가의 희생을 통하여 불로소득의 공짜 맛을 흠씬 누리고자 한다.

그가 세상을 버리고, 자신도 버리고, 공짜로 얻은 후광은 결국 공짜에 중독되어 회복되기 어려운 죄악의 씨를 마음에 가득 뿌리고 싶는다. 그래서 공짜 독이 오르면 부황이 들고 마음과 뼛속까지 죽음의 그림자가 찾아든다고 한다.

세상일은 진정으로 자신의 힘을 다해 이룰 때, 참 맛과 멋을 느끼게 되고, 세상의 오묘한 맛을 깨닫는다. 하지만 눈에 보이는 이득과 권익을 누리고자 남을 위해(危害) 하는 자세는 참으로 가련하고 철없는 공짜 생각이다. 왜냐하면, 사랑을 나누는 마음은 자기를 위하고 또한 남을 위하는 한 가지 길이기 때문이다.

하나님 사랑, 예수님의 사랑이야말로 순순한 공짜라는 사실을 깨닫지 못하고 사는 사람이 부지기수다. 이에 적당히 빌붙어 공짜로 살려는 인생들은 참으로 가련하다. 오늘 하루라도 하나님의 참뜻이 무언지 깨닫기 위해서 더 값진 감사의 마음을 곁들여 살아야 할 것이다.

공짜는 받기보다 주는 것이 더 유익하다. 공짜는 사랑이고, 사랑은 공짜이기 때문이다. 사랑을 많이 할수록 누리는 공짜의 너비와 깊이가 크고 깊다. 하나님의 공짜다운 마음은 감사와 사랑으로 엮어진 망태기나 다름이 없다. 세상을 모조리 쓸어 담고도 자리가 남을 정도로 크고 아름다운 마음이다.

제자들의
다양한 *생활*

　　어느 날 대학을 졸업한 제자 3명(이덕영 선생, 서희정 선생, 홍선경 선생)
이 음식점과 카페에서 번갈아 가며 삼삼이이 한자리에 모이게 되었
다. 학생 티를 벗어버리고 직업인으로, 사회인으로 변신한 지 수년이
지난 그들은 오랜만에 은사를 찾은 것이다. 제자들은 대학 전임교수
이고, 전문대학 시간강사를 겸하고 있는 초등학교 교사이고, 특별히
삼고초려 끝에 교사 임용고시에 합격하여 충북 보은 고등학교에서 정
규직 자리를 얻게 된 교사로 늘 마음이 쓰이는 대기만성형 얼굴이다.

　대학 졸업 후 오랜만에 만난 그들은 대학 시절의 기억에 흠씬 빠져
음식점과 카페의 구석에 자리를 잡고, 그동안 자신들이 겪는 생활을
입담으로 늘어놓았다. 그들의 주된 관심사는 학교생활과 중등교사
로 초임 발령을 받은 제자가 중심에 서 있었다. 그들은 같은 또래로
일상생활은 물론이고, 학교교육과 자녀양육에 관한 이야기로 무르익
었다. 그중에서도 특별히 전문대 강사이며, 초등학교 교사인 제자는
결혼하여 두 자녀와 다복한 가정을 이루며 생활을 하고, 다른 두 제
자는 미혼으로 자기의 삶을 혼자 넉넉하게 즐기며 살고 있었다. 때문
에 결혼한 제자와 미혼인 제자와는 주제가 자신들의 생활과 사고수
준에서 이야기를 나누다 보니 잘 어울리지 않은 점도 있었다. 그러나
오랜만에 만난 자리라서 자연스럽게 그들은 학창 시절에 연계시키어

이 모양 저 모양 대학생활을 회상하고 일상을 접목시켰다. 이 역시 결국에는 한정된 개인 생활 영역으로 돌아가기 일쑤었다. 각자가 처해 있는 현실이 이야기의 중심에 있었지만, 그들은 같은 또래였기 때문에 학창 시절에서 벗어날 수 없었다. 그리고 미래의 교육문제에 귀결되었다. 그럴 때 그들은 될 수 있으면 직업적인 교육 이야기의 소용돌이에서 빠져나오려고 의식적으로 화제를 바꿔보지만, 생각과 관심의 전체 분위기는 쉽사리 자신의 범주를 벗어나지 못했다. 왜냐면 기혼과 미혼이라는 마지노선을 극복할 수 없었기 때문이었다.

나는 그들 대학 시절의 생활들을 입에서 생선가시를 발라내듯 하나하나 꺼내어 보이자 마치 그들의 학창 시절로 시간이 거꾸로 가는 느낌을 받았다. 이렇게 나는 그들을 만나서 지난날을 회고하고 현재 생활을 비교해 볼 때 점점 그들 각자의 삶이 다양하게 느껴졌다.

그들은 각자 교수로, 교사로 생활에 잘 적응하고 있음을 볼 때, 비록 생활환경과 조건은 달라도 자기 처지에 맞닥트리면 주어진 일에 만족하고 즐거움으로 해내고 있음을 알 수 있었다.

그들 중에 입담이 좋은 전문대 강사이자 초등학교 교사인 '서 선생'은 심성이 곱고 마음도 넓을 뿐 아니라 넉살이 좋아서 다른 선후배와 잘 어울렸고, 한번 이야기를 꺼내면 쉽게 입을 다물지 못하고 끊임없이 이어갔기 때문에 나는 그를 두고 '분위기 메이커'라고 내심 일컬었다. 그는 이야기의 실타래를 놓치지 않고 만나는 사람들이 누가 됐든 주도적으로 분위기를 이끌었고, 때로는 화제를 바꾸는 중요한 방향키 역할도 해냈다.

나는 한동안 그들 대화 사이에 끼어들어 변죽을 울리려 했지만 그들의 주제에 쉽게 휩쓸릴 수 없어서 때로는 꿔다 놓은 보리 짝처럼 멀건이 그들의 입만 바라다보고 피식 웃어 보이며, 중간에 몇 마디 거드는 것이 전부였다.

졸업 이후에 성숙한 가정주부와 책임 있는 직장인으로 두 명의 아이를 양육하는 40대 중반의 '서 선생'은 여러 가지로 어려운 상황에도 항상 밝고 긍정적으로 생활을 하고 있었다. 그녀의 남편은 춘천 지역 전문대에서 재직 중인 전임교수로 그 또한 같은 학과 졸업생으로 남들이 부러워하는 생활을 하고 있었다.

특별히 '서 선생'은 나의 은퇴와 더불어 앨범을 제작하여 평생 잊지 못할 기억을 선물로 남겼다. 앨범 안에는 내가 재직 시절에 연구실에서 만난 PL-lab*(프로그래밍 언어 연구실) 얼굴들을 사진으로 모았고, 사진마다 짧게 설명을 덧붙여 얼핏 잊을 뻔한 얼굴들을 사진 속에 생생하게 담아 나의 기억을 되살려 주었다.

앨범 서두에는 연구실 멤버들의 인사와 함께 아름다운 추억거리로 그들의 사랑이 녹아 있는 글로 장식했다.

"저희들 연구실 추억이 담긴 앨범을 만들었어요. 첫 사진은 교수님이 연구실에서 찍은 사진이라야 의미가 있을 거 같아서 교수님 홈페이지에서 퍼왔어요. 저희에게 없는 사진도 함께.

이 앨범은 끝까지 계속 저희와 함께 채워 가실 거죠?"

앨범은 2001년 연구실에 적을 둔 졸업생부터 석·박사 학위를 수여한 학생에 이르기까지 사진을 년도 별로 나누어 철하였고, 사진 얼굴 및 배경 설명까지 꼼꼼하게 달았다.

---

* 〈부록〉 PL-lab 프로그래밍 언어 연구실 졸업생 사진과 설명 참조

그리고 2011년 8월 21일 내 정년퇴임과 산문집 출판기념을 끝으로 앨범을 끝맺었다.

'서 선생'은 앞으로 모임 때마다 찍은 사진을 앨범에 채워 달라고 빼놓지 않고 진지하게 부탁을 했으나 중은 자기 머리를 스스로 깎지 못한다고 하지 않았던가?

'서 선생'은 다음과 같이 지난날을 회고하였다.

"교수님 뵌 지도 20년이 다 되었네요."

92학번인 제가 2학년 1학기 때 처음 수업을 받았으니까, 벌써 뵌 지 19년째라며 긴 세월을 자랑이라도 하는 듯했다. 수업을 들을 때 강의실 첫째, 둘째 줄은 거의 비어 있었던 것으로 기억된다며, 처음에는 학생들 모두 나를 호랑이같이 무서워했으나 수업을 들으면서 점차로 모두 좋아했다고 했다. 2학기 수업 때는 서로 첫 줄에 앉으려 했고 강의실이 꽉 차고 넘쳤다고도 회고했다. 교수님이 솔직히 후하게 학점을 주시는 건 아니었지만, 학점보다는 저희들을 많이 생각해 주고, 각자 스스로 과제도 열심히 할 수 있도록 배려했다고 했다.

"교수님은 고학년으로 갈수록 인기가 많았던 거 아세요? 특히나 늦게 출석한 제 이름을 아시는 줄 몰랐는데 그 이후로 교수님이 더 좋아졌던 것 같아요. 저도 학교수업 갈 때, 빨리 학생들 이름을 외우려고 노력하고 있어요."

'서 선생'은 나의 은퇴 사진을 끝으로 감사하다는 말과 함께 연구실 학생들을 손수 챙겨주고, 항상 보살펴 줌에 자랑스럽다고도 했다.

'서 선생'은 나의 은퇴 때에 뭔가 기념될 만한 일을 하려 했지만, 연구실에서 앨범을 내자는 의견에 뜻을 모아 자기가 주도해서 앨범을 내게 되었다고 했다. 왜냐하면, 내가 자기들 생각날 때, 적적할 때 앨범을 보면 행복해하고 웃음 지을 수 있을 거로 결정했다고 했다. 내가 훗날 흐뭇해하며 웃을 모습을 생각만 해도 지금 자신들은 행복하다고 했다. 그리고 일 년에 한 번은 꼭 자리를 같이하고 싶다고 하면서 앨범을 계속 채워줄 것을 기대하고 여백을 많이 남겼다고 했다. 혹시라도 그간 자신들이 무례했거나 섭섭하게 했던 일이 생각나더라도 이해해달라고 응석을 부렸다. 그리고 끝으로 사랑한다고도 잊지 않았다.

나는 그들이 제작한 앨범을 받아들고 연구실 졸업생 모두에게 감사했다. 그들 모두 졸업 후 생활의 터전에서 열심히 일하고 있기에 나는 더 바랄 게 없었다. '사회는 보는 것처럼 보이고, 생각하는 것처럼 되는 것'이기에 사회는 좋은 생각, 좋게 바라봄으로 우리가 바꿔야 할 대상임을 일러두었다. 결코, 현실에 실망하거나 좌절하지 말고 소망을 가지고 언제나 바르고 아름다운 마음, 사랑하는 마음으로 '행하는 대로 이루어진다는 믿음으로' 세상을 이겨가길 바랐다.

'서 선생'에게 감사를 표하며 "우리 모두 나이가 들어도 서로 기억하고 사랑하는 마음을 가지고 있음을, 그리고 하고 싶은 말은 앞으로 친구처럼 만나고 덕담을 나누는 것으로 대신하길 바란다."라고 말하고 싶었다.

오늘 교사로 종사하는 졸업생들과의 짧은 대화였지만 나와 한자리에 모인 제자들은 서로의 생활 속에서 겪은 아름다운 이야기, 장래에 살아갈 일상을 진지하게 나누었다. 대화는 사랑의 나눔이고, 관심의 표현이었다. 대화의 장을 일찍이 마련하지 못한 그들은 오랜만에 따뜻한 마음을 전하고 넉넉히 기억되고 이해하는 자리로 만들어

갔다.

그들의 진지한 대화의 발판에는 대학생활과 직장과 가정생활이 있었고, 대학 졸업 이후 사회에 나가서 겪은 경험과 충실한 삶의 뒷이야기가 담겨 있었다. 그러나 이 모든 생각은 학창 시절의 그리움과 아쉬움이 뒤섞인 과거에서 자신들을 회복하기 위한 기회였고, 그리운 시간의 회고였다. 두말할 나위 없이 앞으로 자기 생각과 미래를 어떻게 이루어 갈지 그들 나름대로 생활의 역정도 풀치었다.

제자 '이 선생'은 대학교에서 전임교수로 있으면서 홀어머니를 춘천에 모시고 사는 효녀다. 그는 대학원을 졸업하고 춘천 한림대학교에서 교직 자리를 잡아 생활을 하고 있었다. 역시 대학생활에서도 그랬지만 차분하고 말수가 적고 생각이 묵직한 그는 오랜만에 동료와 은사를 만난 탓인지 즐거운 표정으로 자기 생활의 이모저모를 밝게 밝혔다. 자신의 건강 상태부터 사생활에 이르기까지 더 좋은 삶을 위해 조심스레 이야기를 조곤조곤 꺼냈다. 사람의 심성은 쉽게 바뀌지 않은 듯 그는 예전이나 다름이 없었다. 그는 만나는 동안 나의 건강이 좋아 보이지 않는다고 느꼈던지 건강에 유의하라는 말을 여러 번 당부했다.

일찍이 영월 고등학교에서 시간제 교사로 경험이 있는 '홍 선생'은 고등학교에서 정교사로 자리를 잡은 후, 이전과는 달리 얼굴에 활기가 넘치고 의욕이 남달라 보였다. 본래 화천이 부모님과 같이 살던 그녀의 삶터였지만 춘천에서 대학교생활을 하였기에 가끔 화천에 사시는 부모님을 뵈러 갔었다. 그러나 이제는 다시 직장이 충북 보은에 있는 고등학교로 발령을 받았기 때문에 한 달에 한 번 정도 춘천이 아닌 화천으로 어머니를 뵈러 가야 한다며 교통 불편함을 토로했다. 하지만 이번에 중고차를 구매하여 열심히 자동차 운전연습을 하고 있으며, 빨리 운전에 익숙하여 교통의 불편을 해소했으면 좋겠다고 하며 앞으로의 생활에 열의를 보이고 있었다. 이제는 춘천에서 장만한 살림 가구도 다시 보은으로 옮겨야 한다는 등, 새로운 생활에 마음이 한껏 부풀어 있었다.

나는 오늘 우연히 책장을 정리하던 중 2013년도 2월 21일 때늦은 '홍 선생'의 새해 인사 카드를 보고 슬며시 나 혼자 웃음을 지었다. 벌써 6년 전 대학생활을 마치고 교사 임용고시 준비를 하러 춘천에서 타지로 떠나던 해로 기억되었기 때문이다. 그의 엽서를 읽고 나는 다시 서랍에 넣고 옛날로 거슬러 올라가 지난날을 잠시 회고해 보았다. 내가 기억하기로 그는 매사에 조심스럽고 부끄러운 마음이 많았지만, 당차고 야무진 데 있는 제자였다.

'홍 선생'은 5월 스승의 날을 맞아 '이 선생'과 함께 춘천에 있는 음식점에서 나를 포함하여 이상민 교수를 모시고 조촐한 식사자리를 마련하였다. '이 선생'은 '홍 선생'과 자주 만나지 못하는 터라 식사 후, 그들은 커피숍으로 자리를 옮겨 시간 가는 줄 모르고 오랜 시간을 할애하여 이야기를 나누었다. 그러나 내 건강이 좋지 않아 오랫동안 앉아 있을 수가 없었기 때문에 그들은 그동안 못다 한 수다를 뒤로 미루고 일어서야 했다. '홍 선생' 또한, 월요일에 출근을 위해서 교통편을 고려할 때 섭섭했지만, 일찍 보은으로 떠나야 했다.

그들은 헤어질 즈음에 컵 세트라며 선물 봉지를 나와 이상민 교수에게 각각 선물했다. 나는 선물 봉지를 받아들고 집으로 돌아와서 뜯어보고 고맙다는 말을 먼저 두 제자에게 전화로, 카카오톡으로 전해야 했다. 왜냐하면, 선물 봉지에는 예쁘게 잘 포장된 두 개의 컵이 들어 있었기 때문이다. 컵의 무늬가 어찌나 예쁘고 귀엽던지 아내도 무척 좋아했다. '홍 선생'은 내가 자주 마시는 커피를 맛있게 즐기라며 따뜻한 뒷말을 남겼고, '이 선생'은 댓글에 다시 한 번 나의 건강을 걱정해 주었다.

'서 선생'을 포함하여 제자들은 대학 졸업 후 잊지 않고 일 년에 한두 번씩 각자 얼굴을 내밀어 은사를 찾았었다. 나는 그들이 직장과 사생활의 바쁜 가운데에서도 시간을 쪼개어 만남의 자리를 주선하고 자기들의 삶을 들려주며, 성실히 사는 모습이 너무나 아름다워 보였다. 나는 그들이 베푼 식사와 선물에 감사했다.

특히 당당히 고등학교 교사 초년병으로 입성하여 생활을 시작하게 된 대기만성형 '홍 선생'을 위하여 나는 "화이팅!"으로 응원하였고, 앞으로 객지생활에 빨리 적응하여 현지 동료 교사들과 함께 직장생활에 재미를 붙이고, 보람되기를 바랐다. 비록 충북 보은이 어머니의 고향이라지만 자신에게는 아직 낯설고 생소한 지역이라서 정착하기에 힘이 들겠지만, 정을 붙이고 살다 보면 그녀의 앞날에 축복받을 일만 가득할 것으로 기대되었다.

나는 제자들이 각자 교사로서 초등학교에서, 고등학교에서, 대학교에서 직임에 따라 다양하게 각자의 삶에 충실히 살고 있음을 볼 때 흐뭇하고 만족스러웠다. 이것이 제자들이 같은 교사라는 분야에서 각자 다양한 모습으로 살아가고 있는 삶의 일부였음을 볼 수 있었다.

누구나 각자의 생활에서 아름다운 자신을 가꾸며 부족함이 없이 산다는 것이 행복이려니 생각하며 그들이 풍기는 젊음이 부러웠다.

이건 삶,
저건 죽음

이건 삶,
맘몬 같이 부유하고, 태산같이 거대한 탐욕의 산

저건 죽음,
생명의 솔잎을 갉아먹으며 몸을 부풀리는 송충이 같은
절망의 늪

나는 삶과 죽음의 협곡에 걸려 있는 거미줄 같은 외줄 위에서
위태롭게 공중 곡예를 펼치는 어릿광대

삶에는 형식,
겉 무늬만 있고
죽음에는 실체,
곧 삶의 터무니가 있다.

이젠 좀
살맛이 날까?

오밤중에

저승사자의 모자처럼 둥근 갓을 쓴 전등 하나

불 켜놓은 전봇대가 보이는

들창문을 활짝 열어젖혔다.

추적추적 내리는 빗소리가 불빛 따라 방안에 들이친다.

창가로 다가앉아

시원한 밤공기에 영혼을 통째로 맡기면

비닐하우스 지붕 위로 쏟아지는 거친 빗소리

처마 밑으로 토닥거리는 가냘픈 빗방울 소리가

달아오른 낮의 무더위를 단숨에 식힌다.

볕에 타들어 가던 도시와 농촌을 일깨우고

시들어 가던 밭두렁에 힘을 돋아준다

먼지로 푸석푸석한 길거리에 생명수를 뿌려주는 빗줄기

마음은 그 사이로 경쾌하게 줄달음질 친다.

이제 세상은 좀 살맛이 날까?

마법 봉처럼 쏟아내는 은빛 금빛 별들이

빽빽이 하늘에 드리운다.

변화를
감구하는 마음

영원한 소망의 빛이고

사랑이며

영원에서 영원까지 생명의 시작이자 마지막인 창조주 하나님,

답답하고 울분에 가득 찬 저의 마음을 들어 보소서.

하루도 변하지 않는 것은 퇴보요

죽은 것이나 다름이 없는 것이라 하지요?

언제나 변하자고 하지만

마음을 가득 채우고 있는 것은

허구한 날 부귀영화의 욕심이요

부질없이 바라는 장수의 헛된 몸부림이고

속세의 사치스런 겉모습으로

텅 빈 허공과 같습니다.

줄곧 변화의 불을 가슴에 지피고 댕겼으나

어느 것 하나 제대로 된 것이 없으니

모두가 자기 방식대로 고집대로

한 모금도 안 되는 교만과 자존심을 입에 물고

죄악에 뿌리를 내리고 있음입니다.

어쩌자고 예전에 씌운 굴레에서 벗어나지 못하고
입에 거품을 물고 점점 더 깊은 수렁에 빠져드는지요?
실바람 결에도, 새의 깃털에도, 뭉게구름에도
혼미한 생각에 매몰되어
자그마한 세상의 흔들림에 촉각을 곤두세우고
마음을 태우고 있습니다.
도대체 변해야 할 것들이 뭐기에
한 치도 나가지 못하고 제자리걸음만 하고 있으니 어쩜인가요?
세상을 향한 집착이 독버섯처럼 자라기 때문입니까?
숱한 번뇌의 씨앗을 싹 틔우고 있기 때문입니까?
가슴을 멍들고 찢어지도록 아프게 하는 사랑과 미움
영혼에서 팽개칠 수 없는 애틋한 그리움과 기다림
넘치는 욕정
불기둥과 같이 이는 시기와 다툼
자신을 변명하는 불평과 불만
풍요와 쾌락의 탐욕이 오랏줄처럼 조여 오기 때문입니까?

어떻게 해야 옥죄는 마음의 결박에서 풀려날 수 있을까요?
자신의 됨됨이는 생각지 않고
헛되이 공허한 변화만을 기대하는 것이 화근인가요?
성령의 눈을 뜨게 하소서.
울분에 차서 엇나간 마음을
선택의 갈림목에서 머뭇대는 어리석음을
증오와 부정으로 비뚤어진 심사를

헛되이 사로잡힌 공명심을
이해관계로 비굴해진 양심을 일깨우소서.

말과 행동의 맥놀이 엇박자에 덩달아 춤을 추고,
강풍에 찢긴 마음의 나래 깃을 접고 추락하는 꿈을 꾸고,
편견의 옷을 치렁치렁 걸치고 활보하는 거적때기 교만과
위선의 두루마기를
활활 타오르는 아궁이 불에 던지고 태워야 되겠습니다.

설레는 마음으로 귓문을 엽니다.
당신의 위대한 사랑의 음성을
세상에서 가장 신선하고 부드러운 표정으로
훈훈한 덕이 봄비와 같이 고루 내리어
시기, 질투, 원망과 미움에서 오는 마음을 모두 걸러내고,
갈등으로 덧난 상처를 은혜와 감사로 꿰매어
용서와 관용으로 어리석은 속앓이를 고쳐주시고,
그 안에 향기로운 삶의 꽃을 피우게 하여
훈훈한 입김으로 얼어붙은 우직함과 미련함을 녹여주기를,
제아무리 큰 덕을 갖추었다 할지라도
물질의 욕심으로부터
미련 없이 마음을 정리하고 떠나기를,
후회 없는 선한 변화의 하루가 되기를,
기원합니다.

어리석음은

1.

　　내가 깨닫고 겪어 온 어리석음은

　　짧고 경솔한 생각에서

　　조금만 참았어야 했을 성급한 판단과 행함에서

　　지나친 신뢰에서

　　책임지지도 못할 한마디 말끝에서

　　어처구니없이 빚어진 산물이고,

　　주워 담을 수 없이 속내를 쏟아 낸 말끝에서

　　되물리기에 이미 때늦은 자포자기 상태에서

　　아무도 책임지지 않는 부담을 혼자 떠안고

　　남의 이목을 쓸데없이 피하다가 자아낸 무분별한 결과이다.

2.

　　잠깐 감성에 지우쳐 스스로 저지른 과오요
　　깊은 생각 끝, 한순간에 걸러낸 오물이요
　　밤새 뜬 눈으로 뒤척이며 고민하고
　　후회하고 용서를 빌며 눈물로 호소해도
　　이미 엎질러져 수습할 수 없는 빈사 상태에서
　　날 선 주장과 이해의 대립으로
　　목을 죄는 불행의 검은 그림자이다.
　　어리석음은

3.

　　시간을 두고 가까이 다가가
　　골 파인 마음을 메우고
　　불편한 생각을 씻고 덜어낼 때까지
　　고집불통의 담벼락에 가로막혀
　　한 치도 비집고 물러설 수 없을 때
　　한번 뱉은 말에 책임이 뒤따를 때
　　언제나 후회와 갈등만 남기는 것이 어리석음이다.

4.

　　어리석음은 언제나 불필요한 입에 있었으니,
　　알고도 모른 척 눈을 감고, 입을 닫는 데에 있다.
　　느끼지 못한 것 느끼고,
　　보이지 않은 것 보게 하고,

듣지 못하는 것을 듣게 하며,

하지 말았어야 할 말까지 하게 하고,

교만을 부리고 행함을 참지 못하는 것이니

오늘도 어리석음에 내 삶과 영혼을 한 광주리 담아낸다.

5.

축복과 감사가 충만하고 풍요로운 하나님,

끊임없이 빚어낸 어리석음의 각질을 벗기고

상처에 생살이 돋게 하소서

변화로 건진 세상

변화란 크고 많은 것에서 오는 것이 아니라, 자잘한 나눔에서 오는 것이다. 많은 것을 신속히 취하려는 섣부른 변화는 권태와 부패를 낳을 뿐이지만, 작은 나눔은 새롭고 신선한 변화를 차분히 가져다준다. 때문에 변화는 큰 나눔이 아니라 작은 나눔에서 서서히 길들어져야 한다.

예컨대 상차림은 주방에서 아낙네들이 주로 하는 일로 생각하고 남정네들은 부엌에 들어가는 것을 금기시해 온 전통을 깨트리는 일은 일찍이 싱싱할 수 없는 의식과 생활의 변화이다. 재래식 주방에서 어쩌다 남정네가 부엌일을 돕기 위해 들락거리는 것은 대단한 사고의 전환처럼 보이지만, 사실 현대인에게는 생활과 가옥 구조상 마땅한 일로 받아들여질 뿐이다. 주방이 거실 생활 공간과 맞물려 있기 때문이다.

변화란 '너'와 '나'의 작고 소박한 마음의 나눔에서 비롯될 때 가치가 있다. 그것은 배려이고, 이해이고, 소통의 실마리이다. 때문에 변화에는 늘 자그마한 갈등과 희생이 따르고, 그 속엔 끝없는 인내와 기다림과 기쁨이 숨을 죽이고 있다. 그것은 다름 아닌 사랑의 본초이다. 변화는 끝없는 사랑과 인내로 완성되기 때문이다.

겉으로 추구하는 외적 변화는 마치 땅이 꺼지는 씽크 홀(sink hole) 현상 같고, 건축의 거푸집처럼 곧바로 철거될 임시 시설물 같고, 지층이 어긋나 솟아오르는 일변이고, 뿌리 없는 화병의 꽃처럼 외부로부터 사랑을 잠시 누리고 부러움을 살 뿐이다. 그러나 내실이 있는 변화는 한 번의 변화가 아니라, 변화 위에 또 다른 변화를 차곡차곡 쌓아 올리는 것처럼 지속되는 것이다. 작은 내적 변화는 기초가 단단한 반석 위에 세워진 집 같고, 폭풍과 거센 비바람에도 끄떡하지 않는 바위섬과 같다. 한꺼번에 크고 많은 변화를 추구하다 보면 폭우가 내리고 강풍이 불 때 지반이 흔들리는 것처럼 오래 견디지 못하고 무너지는 사상누각과 같다. 든든하고 크고 화려하게 수 세기 동안 견디는 변화는 암반 위에 축대를 쌓듯이 지반을 차근차근 빈틈없이 정성을 다해 사랑으로 틈새를 메우고 다져져야 한다.

양갓집 촌부가 아침상을 차리는 변화를 꾀하는 것은 겉보기에 대단한 용기이자, 미래에 꿈의 궁전을 짓기 위한 행복의 첫발 디딤이다. 때문에 일상 변화로부터 얻어진 세상은 뉘에게도 빼앗기고 싶지 않은 보물이고, 사랑의 열매이다.

우리의 믿음 생활 또한 이와 같아서 갑작스레 하루아침에 훌쩍 성장하여 굳어지는 것이 아니라, 사랑과 인내 가운데 한 계단씩 쌓아 올려가는 것과 같고, 묵시는 하나님을 깊이 생각하고 사랑하고 의지하고 나를 온전히 맡기는 데에 있다.

첫 번째 사순절에 변화의 주요한 주제는 언제나 나의 용렬함, 죄과와 부족함을 고백하고, 예수님은 모든 것을 초월한 순백한 것에 대비되신 분임을 인정하며, 나는 죄인일 뿐임을 깊이 자성하는 것이다. 구세주 예수님은 인간성을 초월하고 천국을 예비하는 하나님의 아들로 사랑 자체이고, 죽음으로부터 완전한 자, 영생의 표상이다.

사순절 기간 묵시의 본질은 예수님의 순수한 사랑을 통해 속죄받고 어리석은 자신을 인정하고, 새로운 생각과 의식으로 전환되고 변화되어 예수님을 닮아가는 데에 있다.

다섯 개의 떡과 두 마리의 생선으로(오병이어) 오천 명의 무리에게 떡을 먹이고도, 12 광주리를 남긴 기적과 일곱 개의 떡과 두어 마리의 물고기로 사천 명을 배불리 먹이고도 떡 몇 광주리를 남긴 것을 생각하면, 어떠한 무리일지라도 부족하지 않도록 충분히 먹이셨음을 통하여 예수님의 뜻이 어디에 있는지 깨닫는 은혜를 체험하게 된다. 떡과 물고기는 육의 양식으로 적고 많음의 문제를 떠나서 묵상을 통해 더 먹고 덜 먹는 것은 문제가 되지 않음을 우리는 깨닫는다. 예수님이 수천 명에게 다섯 개의 떡과 두어 마리의 물고기로 먹이고도 몇 광주리를 남기는 기적은 단순히 배고픔을 면케 하는 떡의 의미뿐만 아니라, 그 자리에 있는 무리에게 기쁨이 되고 생명을 얻게 하는 영적 양식이 됨을 의미한다. 상황은 항상 때마다, 시마다 바뀌는 것이기에 많든 적든 주어진 숫자의 개념은 우리 삶 속에서 차등이 없는 것으로, 어떤 경우에도 떡과 물고기가 부족함 없이 모든 무리에게 나누어지는 기적을 행하시는 예수님의 능력을 본다.

생명을 얻은 자유로움,

여유로움,

평안함을

구속에서 벗어나 마음껏 마름질하고

참 맛을 즐길 수 있도록

시간과 공간을 넘나들며

마음껏 휘젓고 뒹굴 수 있으니,

만물의 생명으로 우주공간이

마음에 고즈넉이 들어와 있네.

보이는 것, 잡히는 것, 느껴지는 것

온통 생명의 한 줄기인데

뭐가 모자란다고 아쉬워 세상 눈치를 보랴!

주어진 생명의 자유로움,

여유로움,

평안함을

뉘에게 빼앗기랴!

세상의 환경이 조금씩 변화됨으로 얻어지는 것은 우리의 바람이자, 하나님의 뜻이다. 하나님은 천지창조와 같은 기적의 촉과 결을 통하여 하늘의 영광을 나타내고, 인간에게 기쁨을 주고 세상을 사랑하고 있었다.

생활의
바른 자세

　금쪽같은 아들을 군대에 보내고 노심초사 걱정하며 매일 편지를
써 온 어머니는 하소연이라도 하듯이 자식 생각에 눈시울을 붉힌다.
누구에게나 자식 사랑하는 마음은 남다르지 않다는 생각에 나에게
도 그리움처럼 저려 왔다. 그러나 세상은 하루에도 시시각각 변하는
데 사회에 대한 마음은 순화되거나 정화되지 않고, 늘 구태의연하게
형식과 규범에 묶기고 경직되어 융통성이 없고 자포자기로 쉽게 지
쳐 버린다.

　체육계, 예체능계, 학계 사람들의 생활은 겉보기에 화려하고 선망
의 대상이지만, 내부로는 엄한 규율과 법칙과 질서에서 결코 한 치
도 벗어나지 못한다는 것이 세상적인 정평이다. 그러다 보니 누구나
조금만 방임하면 지켜야 할 최소의 예의도 무시하고 교만하고 기강
이 해이해지기 쉽다. 또한, 상대측의 자존심도 꺾어 버리고 자유분
방하여 앞뒤를 가리지 못하고 날뛴다. 세상은 모른척하고 눈을 감지
만 볼썽사나운 태도와 오만한 자세를 결코 그대로 놓아두지 않는다.
단 한 번의 잘못과 결례와 방임은 자신을 무너트리고 지금까지 이루
어 온 업적을 하루아침에 제로베이스로 만든다. 곧 좌절과 패배를
맛보고 장래를 포기하게 만든다. 때문에 세상이 제아무리 자유분방
해도 사람들은 최소의 예의와 올바른 사고를 갖추고 세상에 접해야

한다.

매스컴을 통해서 자주 보는 사건·사고이지만 한 번의 잘못은 자신의 일생을 망치고 다시 회복될 수가 없게 만든다. 사회 각계각층에서도 마찬가지이다. 잘 사는 방법은 뛰어난 지혜도 기술도 기교도 필요하지만, 자신도 남도 지키고 살리는 덕목, 사람들의 이목도 고려해야 한다. 오늘도 한 사람의 무지함이 국가와 단체의 위신을 짓밟아버리는 경우를 TV를 통하여 본다. 최근에 나이 어린 축구선수가 우승의 기쁨에 도취 되어 우승컵 위에 발을 딛는 잘못된 모습을 보면서 아무리 관용하려 해도 그 태도는 국민의 눈높이에서 누구도 용납할 수가 없다. 미국 국적을 얻은 영화배우이자 가수인 유승준이 대법원의 판결로 입국의 길이 열렸다지만, 한번 그의 잘못된 행위로 국민적 반감을 받는 경우 또한 이와 같다.

사회로 자식을 떠난 보낸 부모가 그들을 향한 바람은 건강뿐만이 아니라 사회를 배우고 올바른 인격체가 되길 바라는 마음이 아마도 제일 크지 않을까? 한 분야의 전문지식이나 크고 많은 돈과 명예가 아니라, 건강한 인격체로 성장하여 존경을 받으며 위기에 처하지 않고, 사회에서 주어진 일을 건강하게 행할 수 있는 능력을 기르는 것이 더할 나위 없는 바람이다. 때문에 자식을 사회에 보낸 부모라면 누구나 첫째 건강에 변고 없이 돌아오길 바라는 것은 물론이고, 둘째로 따뜻한 마음으로 변화된 사회와 친화적으로 되길 바라는 마음이다. 즉, 성숙한 인격체로 돌아와 주길 바라는 마음이다. 그러나 이거야말로 어쩌면 지나친 욕심일 수 있다. 그럴 수 없는 게 현재 우리 삶과 사회의 모습이기 때문이다.

삶의 변화란 생각 없이 주어진 여건에 무조건 따르는 것이 아니라,

진실과 사랑으로 생활에 따라 변화하며 영위해가는 준비와 마음가짐이다. 온통 사회도, 환경도 끊임없이 놀랍게 변하는데 자식의 생각과 안목은 예전 그대로 폐쇄된 채 있기를 바라는 부모는 없을 것이다. 오히려 새로운 모습, 성숙한 사고로 세상을 바르게 보고, 건강하고 새롭게 세상을 포용하고, 따뜻하게 이해하는 마음으로 다시 태어나서 사회가 진정으로 필요로 하는 모습으로 변화되길 원할 것이다. 여태껏 부모의 품에서 온실의 화초처럼 자란 자식의 허약하고 무력함을 모두 내려놓고, 거친 세상을 향해 자유롭게 비상하며 스스로 책임지는 인격체로 변화되기를 바랄 것이다. 결코, 모든 욕심과 사회적 불신과 불만을 붙들고 혼탁한 세상을 마구잡이로 살아가는 잘못된 자식으로 남아 있기 바라는 부모는 없을 것이다. 참으로 자신에 묶인 모든 집착, 탐욕, 반목, 이기적인 삶의 욕구를 버리고, 거친 비바람을 견디며 광야와 같은 세상을 사랑으로 자유롭게 향유하는 인물로 살아가길 바라는 것이 부모의 속마음이다.

세상은 가면을 쓰고 스스로 자전하고, 공전하며 탈곡하듯이 도정하지 않은 인성을 벗기고 다듬어 쏟아내는데, 세상에서 자식의 겉이나 속이 변화 없이 정지되어 진부하다면, 부모의 마음은 어떠할까?

겉과 속이 다르게 오늘을 어제 같이 살고, 내일도 오늘같이 살 수만 있다면 좋겠지만, 그건 속이 빈 고무풍선 같은 모습이다. 세상과 더불어 자식도 성장하고 하나의 인격체로 변화되는 데, 위험한 세상이 두려워 변하지 않은 채 뒤로 물러서 있기를 바란다면 아마도 자식을 위한 진정한 부모의 사랑이 아닐 게다. 이런 상황에서 한 제자가 길게는 대학에 입학해서 결혼할 때까지 십오륙 년, 짧게는 대학을 졸업한 후 오륙 년이라는 긴 시간에 나에게 써 보낸 수십여 통의 서신을 통해 자신과 사회가 바라는 눈을 육필로 쓴 흥미로운 일상을 투시해보고, 그의 생각과 생활에 내 생각을 빚어 넣었으니 2부에서 다룬 「Curly 소영을 생각하며」이다.

Part Two

Curly 소영을 생각하며

· · · ·

제가 편지를 드리는 곳은 대학로입니다.
청춘 젊음의 거리로 통하는 서울의
슈바빙(schwabing)이라고 생각이드는 곳이죠.
복음을 전하러 어느 곳에선가
벌써부터 거리에 나와 앉아 있는 사람들
한쪽 모퉁이에 잠시 자리를 잡고 앉았습니다.
문득 눈앞으로 스치고 지나가는 사람의 옆모습이
교수님과 너무 흡사해서
그냥 충동적으로 펜을 들고 말았습니다.

회상

나는 오늘 책상 서랍을 정리하느라 우편물을 넣어 둔 봉투를 뒤적이다가 우연히 꼬불쳐진 편지 한 장을 펼쳤다. 그 편지는 20년 전에 까마득하게 잊었던 한 제자가 불쑥 뇌리를 흔들어 깨우고 생각의 보자기를 들추고 나타나서 활짝 웃다가 이내 곧 암울한 표정을 지으며 고개를 돌렸다.

어찌 된 영문이지? 요 며칠 사이에 갑작스레 그의 소식이 무척이나 궁금해서 참을 수가 없던 차에 나에게 다가서는 생각의 언저리였다. 나는 그와 연락이 닿을 수 있는 91학번 동기생을 카카오 스토리에서 찾아 오랫동안 소식이 두절 된 '박소영'의 근황과 연락처에 관해서 물었다.

소영은 곱슬머리를 지닌 제자로 자기 이름이 일상 기억될 필요가 있는 곳에서는 스스로 'Curly'라고 지칭하고 소개했다. 그래서 거부감 없이 본닝 박소영 대신 Curly로도 불리었다. 짐작건대 약간 곱슬곱슬한 머리가 자신을 어필하기 위해서 적합하다고 스스로 판단하여 붙인 이명으로 생각된다. 그러나 나는 그가 칭하는 Curly 대신에 소영이라는 이름이 훨씬 친근감이 가고 느낌이 좋았다.

소영은 대학을 졸업한 후 2~3년 동안 국내 유수한 대기업에서 직장생활을 하던 중 미국 현지 한국인과 교제 끝에 결혼에 골인하여 곧바로 미국으로 떠났던 졸업생이었다.

대학에 다니며, 기업에서 일하던 그가 나에게 보낸 서신이 줄잡아 40여 통이나 되었고, 그는 서신마다 발신인란에는 자신을 Curly로 별칭 했고, 자신을 잊지 않도록 하기 위해서 추임새를 달고, 이름 위에 방점을 찍어 자신임을 강조했다.

나는 그를 소개하기 위해 될 수 있으면 서신을 그대로 인용하는 것을 원칙으로 했으나 원활한 이해를 위해 대부분은 가감하고 수정하고 편집하였다.

그가 속한 학생 그룹은 91학번이라는 명패를 달고 있었으며, 결코 내 기억에서 지울 수 없는 학생들로 '컴파일러 구성과 오토마타'라는 전공강좌를 수강한 학생들이었다. 그들 중에 누군가는 내가 학과에서 곤경에 빠져 있을 때 나의 후원자가 되어 주었고, 그로 인해 내 마음에 자그마한 위로와 기쁨이 되어 주었다. 91학번 학생들 대부분은 내 기억에 수줍음을 유달리 많이 타던 제자들로, 아직도 나의 편지 보관함에 그들의 흔적이 담긴 누런 편지봉투와 우편 카드가 한 묶음 가득히 자리를 차지하고 있다. 이들은 모두 그들이 파놓은 기억의 웅덩이에 나의 마음을 가득히 채우고 있었다.

그들과 특별한 개인적인 교분은 1994년 3월 25일로 거슬러 산천 초목이 춘설로 희게 덮인 날로 기억된다. 나는 그들과 함께 강의시간에 밖을 내다보고 딱딱한 강의를 접하면서 '너희들은 낭만도 없느냐'며 강의실 밖으로 내몰았고, 그들은 어디서인지 각자 비닐봉지를 하나씩 구해 들고 시내 중심에 있는 공지천 높은 언덕배기에 올라 신나게 미끄럼을 탔다. 그리고 내 기억에서 더욱이 잊히지 않는 것은 언제 구했는지 몇몇 학생들이 꽃 한 송이씩 들고 와서 나에게 안겨

주었던 것이다.

기억하건대 나에 대한 배려는 이뿐만 아니라, 생일에는 강의실 강단에 선 나에게 한 명씩 나와 꽃송이를 선물하기도 했다. 이 같은 그들의 돌발 행위에 나는 어찌할 바를 몰랐으나, 이날은 나의 생애에 가장 기억에 남는 감동적인 날이었다.

지금 생각하면 강의시간이 끝날 무렵 학교로 돌아가는 길에 그들에게 따뜻한 커피 한 잔이라도 공지천 에티오피아 카페에서 함께 나누는 여유를 갖지 못했음이 못내 아쉬움으로 남는다.

91학번 학생들은 나에게 이처럼 특별했기 때문에 그 당시 카메라에 담은 사진을 25년이 되도록 아직도 나의 책상 앞에 붙여 놓고 들여다보며 지난날 그들의 훈훈한 마음을 한 틈도 놓치지 않고 회상하곤 한다.

사진에는 머리가 곱슬곱슬한 Curly 박소영 학생이 앞줄에 쭈그리고 앉아서 밝은 웃음을 띠며 포즈를 취하고 있고, 잊지 못할 여러 남녀 학생들은 사진의 배경이 되어 주었으며, 그해 이른 봄은 늦겨울의 아름다운 풍광을 열어 주었다.

훗날 그중 많은 여학생은 나에게 스스럼없이 결혼 주례를 부탁하였던 것을 생각하면 그들은 여린 순과 같이 여린 학생들이었다. 그래서 졸업 후, 25년이 지나도록 지금도 보고 싶고, 만나고 싶은 그들은 나의 기억에서 쉽게 지울 수가 없다. 회상해 보면 그중 몇몇 학생은 졸업 후까지 자주 나에게 글을 남겼고, 아버지처럼 친근하게 대하였으며, 심지어 초등생처럼 응석을 부리며 읽고 싶은 책이 생각나면 졸업 후 일지라도 편지를 써서 사 달라는 부탁도 했다. 그들이 책을 못살만한 환경은 아니었지만, 아마도 어린아이처럼 공연히 아버지처럼 매달리고 싶어서였을 것으로 생각되었다. 그중에 특별히 기억나는 책은 『기형도 전집』이었다.

만나고 싶은 졸업생들이 문득문득 생각났지만 벌써 졸업한 지 25년을 훌쩍 넘긴 중년의 나이에 자기 생활에 바쁜 그들에게 감히 연락하고 만나볼 엄두조차 내지 못하고 있던 차, 어느 날 서랍을 정리하던 도중 곱슬머리 Curly가 불쑥 기억에 떠올랐다. 무소식이 희소식이라지만 갑자기 그의 소식이 알고 싶었던 나는 곧 수소문 끝에 그와 연락이 될 만한 동기생 경현자를 찾아 나섰다.

경현자는 결혼하여 두 아이를 양육하는 기쁨에 심취하며 카카오 스토리에 자주 아이들의 근황을 사진으로 올리고 있었기 때문에 이를 계기로 소영이의 소식을 알 수 있으리라 생각했다. 졸업 이후 자기 생활에 빠져서 평범하게 사는 그의 생활에 염치없이 끼어들 수 없었지만, 그는 다행히 카카오 스토리에서 여러 동기생과 폭넓게 교류를 하고 있었기 때문에 소영이의 소식을 물으면 알 수 있으리라 확신했다.

내가 항상 소영을 생각하면 그의 말 가운데 잊히지 않는 뿌리 깊은 글귀가 생각난다. 그건 소영이가 사회에 발을 내딛자마자 놀랍게도 얻은 깨달음이었다.

"교수님, 내가 먼저 친절해 버리니 그들도 나에게 친절해 버리던데요?"

라는 한 줄의 금언과 같은 말이었다.

졸업 이후 지금도 머리에 각인된 곱슬머리 소녀의 말이 맘속에서 쉽사리 떠나지 않는다. 그는 지금 어디서 어떻게 지내고 있는지 궁금한 나는 그가 나에게 보낸 따뜻한 마음의 서신들을 모아둔 누런 서류봉투를 뒤적이며 연락할 수 있는 빌미를 찾아보기로 마음을 먹었다.

지금 말이지만 나는 지금까지 제자들이나 학교나 사회생활에서 나에게 잊지 않고 소식을 남긴 글들을 보석처럼 차곡차곡 누런 서류봉투에 보관하고 있었기 때문이다. 그러나 그것도 허사였다.

나는 그가 어느 날 소리도 없이 내 앞에 나타날 것으로 기대해 보았지만, 그것 또한 헛된 바람이었다. 생활이 변하고 삶의 나이가 점차로 무거워지는 제자에게 젊음의 열정을 잃지 않고 기억히기를 바란다는 것은 과분한 욕심이었다. 그런 마음 가운데 졸업생들이 웅성거리며 모인 곳이라면 그의 맑은 음성이 생생하게 귓가에 들릴 것만 같고, 대학로 거리에 모인 군중 속에서 그가 언뜻 구석에 쭈그리고 앉아 있을 것 같다는 생각에 주위를 몇 번이고 두리번거렸다. 하지만 그건 환영에 불과했다. 나에게 결혼 주례를 받은 그는 결혼식이 끝나자마자 곧바로 부모 곁을 떠나 미국에서 생활을 하고 있을 게 분명했기 때문이다.

만나서 이야기를 나누고 싶었지만, 그는 결혼 이후 엽서 한 장 덩그러니 내 연구실 책장 안에 남겨두고 곧바로 신랑과 함께 미국으로 떠났던 것이다. 졸업 이후 그의 동기생들은 대부분 국내 유수 기업체에서 자리를 지키며 생업에 종사하고 있었음에도 불구하고, 소영은 거뜬하게 보라는 듯이 신랑과 함께 한국을 떠났다. 그 후로는 연락이 단절되었기 때문에 어디서 어떻게 살고 있는지 궁금했지만, 나로서는 연락할 다른 방도를 취할 수 없었다. 다만 언젠가 생각나면 내가 있는 곳을 알고 있는 그가 먼저 나에게 다시 연락을 취하겠거니 기대만 하고, 그에 대한 생각을 지웠다.

졸업 후
첫 서신

대학 졸업 후 소영이가 나에게 처음으로 보낸 한 통의 서신에는 살아 꿈틀거리는 그의 일상이 생생하게 담겨 있었다.

"안녕하세요? 교수님.

저 요즈음 서울에서 생활하고 있어요. 벌써 한 달이 되어가고 있어요.

서울사람 되기 참 어렵다는 생각을 하면서 살고 있습니다. 제가 편지를 드리는 곳은 대학로입니다. 청춘 젊음의 거리로 통하는 서울의 슈바빙(Schwabing)이라고 생각이 드는 곳이죠.

복음을 전하러 어느 곳에선지 아침부터 벌써 거리에 쏟아져 나와 열심히 찬양을 드리는 사람들 틈 한쪽 모퉁이에 저도 잠시 자리를 잡고 앉았습니다. 문득 눈앞으로 스치고 지나가는 사람의 옆모습이 교수님과 너무 흡사해서 그냥 충동적으로 펜을 들고 말았습니다. 오후에 춘천으로 돌아갈 기차표를 가방에 간직한 채 이곳에서 잠시 '시간 까먹기'를 하고 있습니다. 좋군요.

교수님은 어떻게 지내세요? 여전하시겠죠?

완고한 입술과 인자하신 눈빛 그리고 너무나 검소하신 그 자태.

정말 아직도 여전하시죠? 영원히 변함없으실 테죠?

입춘이 지난 지 꽤 되었는데도 아직은 바람이 차갑게 느껴지는군요.

목도리가 없으면 현관문도 열지 못할 정도로 아직은 '겨울'입니다.

세벽으로 도서관에 다니고 있어요. 5시 30분쯤 집을 나와 30여 분가량 걷다 보면 이게 '행복'이구나 느껴질 정도로 발걸음도 가볍고, 정말 살아 있음을 온몸으로 확인할 수 있음에 감사드립니다.

부모님과 떨어져 있으니까 왜 그리도 그립고 서러운지 시도 때도 없이 전화 박스만 보면 마구 가슴이 뜁니다. 전화를 걸고 싶다는 강한 충동을 간신히 누를 수 있는 건 텅 빈 주머니 사정 때문이지요. 그래요. 바로 그게 문제더군요. 6시간 정도 공부(?)하고 이모님 댁에 와서 점심을 먹습니다. 입에서 원하는 배고픔이 아니라 몸에서 원하는 배고픔이기에 아주 달게 느껴지는 점심입니다. 잠깐 쉬고 나면 또 움직여야죠.

영어 학원에 다니고 있습니다. 아주 흥미 있는 class는 아니지만 스스로 고삐를 늦추지 않으려고 좀 억척스럽게 배우고 있습니다. 그렇지만 역시 재미있는 시간입니다.

'노력하는 자에게 그만한 보답을 한다.'라는 정말 평범한 진리를 몸소 체험하고 있습니다.

이곳엔 좋은 사람들도 아주 많고요, '먼저 친절해 버리니, 정말 반드시 친절하던데요.'

그런데요 교수님, 이곳은 너무 울려요. 와우~ 드럼 소리며, 베이스 소리에 오른쪽 귀가 먹먹하고, 신나는 찬양을 들으러 시간이 갈수록 물밀듯이 점점 많은 인파가 모여들고 있어서 더 이상 펜대를 굴리는 낯선 모습을 보이지 말아야겠어요. 실은 오전에 도서관에서 교수님께 편지를 드리려 했는데 막상 쓰려고 하니까 써지질 않던데요.

교수님, 감사드립니다.

졸업하기 전에 반드시 써야 했던, 쓰고 싶었던 글이었습니다.

이제는 자리에서 일어나 가야겠습니다." 〈1995.2.18.〉

그녀는 부모님에게서 떨어져 객지생활에 홀로 외로움을 겪으며 많은 것들을 체험하고 느꼈던 것을 이번 서신을 통해 알 수 있었다. 무슨 일을 그동안 경험했던지,

"노력하는 자에게 그만한 보답을 한다."라는 평범한 생활의 진리를 몸소 체험하고 있다는 말과 함께 자신을 자탄하며 나에게 간단한 조언까지 해 주었다.

"자신의 못된 버릇을 버리고 싶다면 자신을 버리면 된다."라고 하였다.

지금까지의 자기 버릇에서 벗어나려면 자신을 비우고 포기하면 된다는 것이었다. 참으로 맞는 말이었다. 자신의 아집과 고집에 집착하면 자신의 버릇을 쉽게 버릴 수 없기 때문이다.

사랑도 많이 하면 버릇이 된다며, 심지어 현재 자기에게 걸림돌이 되는 사랑도 자신을 비우고 포기하면 문제가 해결된다는 것이었다. 자신을 포기하지 못하고 조건을 따지고 자존심을 지키며 주변 사람들의 눈치를 보는 것이 문제라고 했다.

곁들어 나의 가슴에 오랫동안 하나의 지표로 남는 말.

"내가 먼저 친절해 버리면, 반드시 상대방도 친절하던데요."

사회의 적응하기 힘든 분위기에서 먼저 자기를 낮추어 겸손함으로 접근하면 누구라도 자신에게 잘 대해준다는 의미 있는 말이었다.

말은 쉽지만, 그의 말처럼 먼저 친절해 버린다는 것은 쉽지 않은 게 사실이다. 그런 중에 낯선 서울생활과 직장생활에서 자신을 낮추고 자신을 비운다는 것 또한 여간 쉽지 않은 숙제였을 텐데, 소영은 생활에 잘 적응을 했던 것 같았다. 그의 말은 낯선 사람과 섞여 사

회를 배우기 위해 많은 시간과 열정을 기울여 터득한 생활의 날카로
운 표석이었다.

소영의 행적

지금 생각해 보면 소영이가 왜 기형도의 시집을 사 달라고 부탁했던지 그 마음의 낌새를 조금도 알아차릴 수가 없었다. 물론 나는 다음 날 이유 불문하고 서점에 달려가서, 전집이라고 해야 한 권이었지만, 곧바로 두 권을 구매하여 한 권은 꾸깃꾸깃한 서류 봉투에 싸서 소포로 그녀의 직장으로 보냈다. 그 당시 나는 그의 상황에 대해서 자세히 묻지 않았지만, 못내 그 마음이 앙금처럼 남았다. 지금 한 뭉치 그의 서신을 뒤적이다가 나에게 글을 써서 보낸 그의 속내와 처지를 조금은 미루어 알 수 있었기 때문이다.

그는 이후에 하던 일에 흥미를 잃었고, 원하던 남자친구를 만나 결혼하기 전까지 학교와 도서관을 전전긍긍하면서 나에게 보낸 편지만도 족히 한 묶음이나 되었다.

편지를 뒤적이는 가운데 편지봉투에서 우표 미납으로 스탬프가 찍힌 우편물도 포함되어 있는 걸 발견하고 내가 그에게 그동안 무관심했던 것이 아니었던지 뒤늦게 마음이 아려왔다.

그러나 그의 글과 생각에는 내가 알고 있던 소영다운 삶의 끼가 살아 넘쳐 있었고, 마음과 생각은 보다 아름다웠다. 역시 내가 기대했던 제자답다는 생각으로 나에게 큰 믿음과 감동을 주었다.

한번은 책 한 권을 베끼다시피 한 적이 있다고 했다.

한때 소영은 Rainer Maria Rilke에 심취해 있었고, 그의 사랑하는 여인 Lou Andreas Salome는 자신의 우상이었다며, 릴케의 '기도시집'이 출간되기를 기다렸지만 미루어지자 지쳐서 그 시집 한 권의 상당 부분을 학교 도서관에서 베꼈다고 했다. 그 책이 너무 갖고 싶어서 출판되기까지 기다리고 있을 수가 없었기 때문이었다고 했다. 아마도 내 홈페이지에 올린 릴케에 대해 글을 읽고, 무슨 느낌을 받았던지, 아니면 내가 소영에게 무슨 말을 해 주었는지 기억이 나지 않지만, 그는 편지에 밑도 끝도 없이 나에게 감사한 마음을 가지고 있다고 했다.

"편지도 제게 힘을 줘요. 교수님, 힘낼게요. 감사해요." 〈95. 8. 5.〉

라며 엽서를 보내왔으나 짬짬이 그의 어려운 마음을 헤아려 주지 못하고 함께 나누지 못한 것이 못내 마음에 걸렸다.

그는 결혼 후에 새로운 삶으로 지난날을 청산하고 과거를 말끔히 잊은 듯, 나와의 소식도 단절하고 결혼생활에 심취해서 미련 없이 모든 연락을 끊었다. 그러나 내가 못내 아쉬운 것은 지금 이 시간, 어디서 어떤 가정을 이루고 있는지 알고 싶지만, 연락을 취할 수 없다는 것과 어떻게 변했는지가 마음을 답답하게 하였다.

언젠가 그가 자책하며 남긴 말이 불현듯 생각났다.

"고수님,

밥 한 끼 대접도 못 하고 어리석은 제자 Curly가 돌아왔습니다.

아쉬운 만남이 다음 만남을 더 빛나게 하지 않을까 하는 생각으로 어리석은 제자 Curly가 돌아왔습니다.

요즈음 출장이 잦아 주말을 기약하지 못하고 왔습니다.

약하게 사는 모습 들킬까 봐 서둘러 돌아왔습니다.

작년보다 모든 면에서 많이 약해졌어요.

지난해의 열정을 이제는 다시 품을 수 없을 것 같아 몹시 두렵습니다.

이렇게 저렇게 편안하게 강물처럼 흐르는 Curly는 지난해의 삶을 헛되게 만들어 버리게 되지나 않을지, 가끔 가슴이 답답해 옵니다.

하지만 오늘은 느긋하게 시내에 나가서 서점도 둘러보고, 푸른 가을 하늘 아래에서 자유로이 거닐 생각입니다."

그는 편지 한 귀퉁이에 하소연이라도 하듯, 넋두리를 늘어놓았다.

"강물은 황하가 되었지만 흐르는 데는 지장이 없네요. 소영이의 마음도 물줄기를 타고 머물지 않고 흐르고 흘러 바다로 가버렸으면 좋겠어요."

그러나 글 속에서 무엇 때문에 그의 마음이 점점 허약해져 가는지, 어디서 무얼 하다가, 어쩌다가 돌아왔는지 궁금증을 자아냈다. 그는 끝내 자신의 행적에 대해서 밝히지 않았지만, 어쩌면 부모님에 대한 진정한 그리움과 사랑을 혼자서 품고 느끼고 안타까워했던 것이 아니었을까?

죽음
소식

　　한동안 궁금했던 소영의 소식을 본격적으로 알아보기 위해 나는 편지 뭉치와 SNS를 두루 찾아 뒤져 보았지만, 더 이상 어떤 흔적도 그에 대해서 찾을 수가 없었다. 유일하게 카카오톡으로 연락이 닿을 수 있는 91학번인 친구 '경현자'에게 박소영 Curly의 안부를 물을 수밖에 없었다. 이것은 그에게 보이고 싶지 않은 나에게 남은 마지막 자존심이었다.

　　그러나 그로부터 내가 들은 소식은 귀를 의심할 정도로 경악할 만한 답변이었다. 잘못 들었겠지, 설마 아니겠지 의심도 했지만 뜻밖에 들은 소식은 가슴이 얼얼하고 마음이 먹먹하도록 눈앞이 캄캄한 대답이었다.

　　차분하고 감성적이고 위트가 넘치던 소영 Curly가 4년 전에 이미 유방암으로 세상을 떠났다는 것이다.

　　아뿔싸! 더 일찍 찾아보았더라면 좋았을 것을….

　　동기생들은 투병 중인 소영을 조만간에 만나기로 약속을 했으나, 갑자기 상태가 악화되었다는 소식을 듣고 기다릴 틈도 없이 병원으로 급히 찾아갔지만 이미 그는 아무도 만나지 못하고 세상을 떠났다고 했다.

　　그는 숨을 거두는 순간 무엇을 생각하고 아쉬워하고 가슴 아파했을까? 아마도 마지막으로 동료들에게 말을 남길 시간이 없었던 것이 아쉽고, 평소에 생활에서 도타운 자애와 사랑으로 보살피지 못한 부모 형제, 아이와 남편에 대한 그리움이 그의 앞을 가로막았을 것이다.

나는 소영을 만나면 할 말을 깨알같이 한 움큼 기억에서 찾아 마음에 간직하고 있었는데, 한 톨도 전하지 못하고 빈 마음으로 죽음의 소식을 듣기만 하고 가슴에 묻어두어야 했다.

소영이 대신 91학번 동기들이라도 한번 만나보려 했지만, 언제쯤 내 마음이 정리될지 몰라 답답했다. 이것이 소영이의 실체였고, 그를 기억에서 찾아낸 마지막 그림자였다. 아무것도 들어 있지 않은 텅 빈 깡통 속의 환영이었다. 젊은 나이에 무거운 생각을 머리에 잔뜩 이고, 허무하게 세상을 떠날 줄 알았더라면 미리 좀 더 일찍 찾아보았을 것을….

나는 안타까운 한숨과 탄식으로 가득 차서 한동안 입을 열 수 없었다.

진즉 소영에게 듣고 싶었던 말은 그가 어떤 마음으로, 세상을 어떤 눈으로 보고 느끼며 살았는지가 제일 궁금했다. 나에게 짬짬이 글로 마음을 대신했던 그의 생각을 직접 입을 통해 듣고 싶었다. 맑고 청순한 얼굴에 웃음을 띠며 말을 입안에 가득 물고 있었을 그를 떠올리면, 말하듯 써내려간 그의 글이 새삼 가슴에 와닿았다.

그가 세상을 떠나갔다는 것은 마음과 눈에 담아 놓은 자신의 아름다운 세상을 지우개로 말끔히 지우고, 부모도, 가족도, 친구도, 온갖 아쉬운 것들을 한순간 하루아침에 기억에서 깨끗이 씻어 내는 것이었다. 평소에 세상에 대해 당당했던 그의 마음이 사라졌다는 것이 도저히 지금으로썬 믿기지 않았고, 송두리째 그에 대한 행적을 생각에서 떨쳐버릴 수가 없었다. 부끄러워하고 수줍어하며 약간 웃음 띤 표정으로 입술로 쏟아낸 담백한 소영이의 위트를 이제는 다시는 들을 수 없다는 것도 아쉬웠다.

그러나 어디선가 갑자기 땅속에서 불쑥 튀어나와

"교수님, 놀래셨죠? 소영이가 여기에 다시 돌아왔어요."라며 깜짝쇼를 할 것처럼 느껴졌다. 그는 갔어도 모든 사람의 마음과 생각에 풋풋하게 살아 있음이 느껴졌다.

"그런데요, 교수님~."

한동안 뜸을 들이다가 다정다감하게 대화하듯 이어간 글에 귀를 가만히 기울이면 그의 목소리가 생생하게 살아나 어느덧 가슴에 가냘프게 울리는 것만 같았다.

3학년 여름방학 중 친구와 독일 배낭여행을 다녀왔다며 슬며시 자랑하던 그에게 나는 강의시간을 쪼개어 다른 동료 앞에서 여행의 맛이 어떠했는지 발표할 기회를 줬던 때며, 독일과 유럽에서 한 달 동안 머물었을 때의 건강하고 밝은 얼굴을 환하게 보는 듯했다. 그는 내가 독일에서 유학생활을 했다는 사실만으로 친근감을 느꼈던 것 같았다.

지금까지의 성품으로 미루어보아 어떤 상황에서도 위기를 잘 이겨냈던 그는 이번만큼은 자신을 스스로 결코 이기지 못하고 좌절하고 말았던 것이 아쉽기만 했다. 복잡한 마음을 짜증스럽게 투정하며 털어놓은 두툼한 편지에는 자신과 부모에 대한 불평과 불만, 미안함과 서러움, 온갖 응어리들을 터트리고, 때로는 눈물로 자제하는 모습까지 보여줬던 그였는데….

그는 여전히 어린애 같다는 생각을 했지만, 이제는 그로부터 숙녀의 성숙한 모습을 느낄 수가 있었다.

고백하듯 써내려간 편지 서두에 그는 마침내 이성적이고 안정된 마음을 찾은 듯했다.

—

"사실 이 편지는 부모님께 올려야 하는데….

조용히 맘을 편안하게,

그리고 시간이 지나면 끝날 즈음엔

어느새 만개한 목련처럼 활짝 열린 나.

그렇게 한 주를 시작했습니다."

그는 한끗 마음의 갈림길에서 돌부리에 걸려 넘어질 뻔한 생활로부터 다시 각오를 다졌다.

"주말에 성당에 다녀오면 그 한 시간이 제겐 한 주를 시작할 '힘'이 되어주곤 했죠. 죄를 짓고, 회개하고, 안달하고, 용서하고, 짜증 부리다가 웃어주고, 그러다 저는 아주 조금씩 성장하는 거로 생각했습니다. 그래서 아주 작은 부분일지라도 그 시간만은 어떤 희생을 치르더라도 꼭 지키려고 노력했었죠.

단 한 시간을 온전히 자신을 위해 투자하겠다고 내심 다짐했던 것인데, 저 자신을 사랑하는 자숙시간으로 스스로에게 선사하고 싶었던 것인데,

우후후….

의욕상실, 그로 인한 만성적인 게으름, 적당한 자기변명으로 포장된 어리석은 모습들이 근래 저의 모양새였습니다.

바보 같죠?

교수님, 서 소영 Curly가 근 2년간 연락을 못 드린 것 같습니다.

죄송한 걸 직감으로 아시죠?

이젠 봄이 오려나 봅니다. 이리도 처녀 가슴이 쿵탁거리는 걸 보면요.

봄의 아침 바다와

정오의 바다와

해 질 녘의 바로 그 바다와

캄캄한 밤중의 바다가 참으로 보고 싶다.

그래서 오늘은 그 보고 싶음을 잠시 달래 줄 한 통의 편지를 꼭 써야겠다고 생각했습니다.

뭘 하고 사느냐면요?

주로 출퇴근 시간에 좌석버스에서, 퇴근 후 잠들기 전 삼십 분간, 주말 오후에 책을 읽곤 하지요. 그런데 오랜 시간을 투자할 인내력은 없나 봅니다. 금방 지쳐 잠들어 버리거든요.

새벽으론 헬스클럽에 다닙니다. 그러나 2, 3일만 지나면 온몸이 뻐근하고 아파옵니다.

전 직장에선 여전히 이런저런 회사영업을 하고 있습니다.

전 말예요, 남자친구 생기면 교수님이 함께 오라고 하셨잖아요? 이적까지 찾아뵈러 가지 못하고 있다는 건 다 사연이 있기 때문인 줄 아시죠?

교수님, 입학한 게 엊그제 같은데 벌써 9년이 지났어요. 연애사업엔 소질이 없는지 스치는 남자는 많아도 머물러 주는 이가 없어요.

이러다가 막차를 타는 건 둘째 치고, 리어카라도 탈 수 있을지 걱정입니다.

구조조정이다, IMF 다, 뭐다 하면서 어수선한 지금일수록 도전하며 살아가야 하는데 그렇지 못한 것이 현실입니다. 점점 나아져 가고는 있지만요."

소영은 자신에게 닥친 현실 앞에서 희망을 잃지 않았고, 미래에 소망을 두고 자신감을 찾아가고 있었다. 서신을 통한 그의 얼굴에는 분명히 밝은 희망의 빛이 비치고 있었다.

가족에 대한
사랑

"스트레스가 지난주에는 사화산인 줄 알았던 것이 휴화산이었고, 갑자기 활화산으로 터져 주위를 걱정스럽게 했습니다. 금, 토요일에는 무단결근하고, 부모님과의 다툼이 있었죠.

참! 봄기운이 감도는 경춘가도는 아직 봄이 아니던데요?

파란 새싹들이 잎을 웅크리고 있더군요. 저는 아직 봄을 못 맞고 있어서 화가 잔뜩 난 양, 생각 없이 줄줄 흐르던 눈물을 열심히 닦아가며 서울까지 왔습니다.

엄마한테 '미안하다'는 말 한마디만 했어도 주말 내내 가슴앓이를 하지 않았을 텐데…. 핸드폰을 손에 들고 번호를 눌렀다 지웠다가 쓰다 하기를 여러 번, 결국은 전화도 못 하고 서울로 와 버렸습니다. 엄만 여러모로 서운하신가 봐요. 이런저런 얘기를 하려던 엄마였는데 전 여전히 천진난만한 어린아이처럼 성질만 먼저 부리니 가족이라는 것이 무엇인지….

저 말예요. 어서 시집을 가야 그 마음을 알까 봐요. 그래야 내 자식, 내 부모, 내 남편, 가족의 소중함을 알게 될런지요.

변한 건 없습니다. 그렇지만 변하게 왜 없겠습니까?

오랜 시간 보지 못하고 만났을 때 '말 보고 싶었어.'라는 말과 '넌 어쩜 그렇게 변하게 없니? 그때나 지금이나 똑같다.'라는 말을 생각해 보면 그게 참 듣기 좋던데요?

건강하시겠지만 좀 더 신경 쓰셔서 감기랑 알레르기, 방광벽 걸리지 않게 조심하시구요.

교수님,

요절시인 '기형도'를 추모하는 시집이 다시 출간되었다네요.

저 책 한 권 사서 주세요. 요즘 재출간한 '기형도'의 시집을요. 얌체죠? 1999년 3월 17일에 출간한 서적이에요."

이런 얌체가 어찌 한마디 소리소식도 남기지 않고 혼자 평안함을 찾아 세상을 버리고 떠났다는 것인지 믿기지 않았다. 정말 그게 최선의 선택이었을까? 생각해 보니 얌체는 얌체인 것만은 틀림없었다.

그는 사람을 사랑했고, 그리워했고, 만나고 싶어 했다. 그런데 어쩌다가 예기치 않은 병을 끝내 이기지 못하고 그의 먹잇감이 되었단 말인가? 나 같은 유약하고 노쇠한 사람도 온갖 고통과 고난과 시련을 극복하고 병고로부터 14년간이나 더 살아남았는데, 어찌 자신만의 평안을 찾아 이곳에서 모든 사랑과 행복을 찾아 견디었어야 할 고행을 포기하고 앞서 천국으로 갔다는 것인지 아직도 믿기지 않는다. 개인적으로는 억울하고 분통이 터지지만, 하늘의 뜻인 걸 어찌하랴! 나는 소영의 명복을 빌며 천국에서 이승에 남겨둔 행복을 되찾아 누리길 두 손을 모았다.

이렇듯 Curly는 격 없이 나를 대했다. 물론 나는 시인 기영도의 시집 두 권을 구내서점에서 구매하여 다음 날 한 권은 곧바로 우체국에서 소영이가 근무하는 주소로 발송했고, 한 권은 내 개인 장서에 꽂아 두었다.

위트(wit)들

소영은 놀랍게도 자그마한 위트를 가끔 전하곤 했다. 물론 그중에는 누구나 아는 위트도 있지만, 그만의 위트도 있었다. 그만큼 그는 마음의 여유로움을 지니고 있었다.

a) Black Day:

\-

1996년 4월 14일:

교수님, 오늘이 무슨 날인지 아세요?

생각할 시간을 조금 드릴게요.

오늘은 요~, Black Day래요. 초콜릿이나 사탕을 주거나 받지도 못한 사람들이 자장면 먹는 날이래요. 정말 재미있어요.

그럼 White day는 뭐게요?

누구엔가 준다는 것은 무엇이건 흐뭇한 일입니다.

교수님 같은 분은 '준다'를 몸소 실천하며 사시는 분이라 생각이 듭니다. 결코, 쉬운 자리가 아니죠?

어떠세요, 많이 힘드시죠? 씁쓰레 웃지 마세요. 생각의 중심은 자신에게 있잖아요? 남들에게 보이는 모습이 모두 아름답고 합리적이고 좋을 수만은 없지 않겠어요?

우리 교수님 가끔 힘 빠지시고 허탈하시더라도 결코 주저앉지 마세요. 교수님의 양심이라는 놈^(?)은 좋은 놈이잖아요. 제가 감히 교수님의 양심을 운운하다니 아주 몹쓸 제자입니다.

어제부로 사내 전문교육을 모두 마치고 연구실로 자리를 옮겼어요. 삶에서 얼마나 빠르냐는 다 부질없다는 생각이 들었어요. 생활에 만족하고 항상 마음을 열어두고 생활하는 자세가 중요한 것 같아요.

사소한 것에 감사하는 저, 교수님께 당당하고 아름다운 모습을 보여드리는 Curly이고 싶고, 열심히 정직하게 사는 모습을 보여드리고 싶어요.

일요일에만 하는 봉사도 많이 게을러졌어요. 사람의 의지가 이렇게 약해도 되나 싶어 속상할 때도 많습니다. 특히 이럴 때쯤에 편안하려 하면 할수록 끝이 없어요. 그러지 말아야지 하면서도 잘되지 않네요.

b) 알바비 80만 원

―

몇 주일 전에 이선주를 만났는데 학원에서 아르바이트를 하고 있다네요. 글쎄 한 달 알바비가 80만 원이라나요. 제게 그 일자리를 넘기라고 꼬드기었죠.

열심히 사는 그 모습이 너무 보기 좋았어요.

오늘은 날씨가 아주 좋아요.

저는 오전에는 집 밖으로 혼자서 한 발자국도 나가지 않았어요. 하지만 오후에 입학 동기생들과 어울려 공지천을 걸었어요. 편하고, 행복했어요.

봄에는 여자들이 바람난다지요? 남자의 계절은 가을이고요. 교수님 바람나시면 이젠 여자십니다.

대학로 생각이 불현듯 나네요. 다음에는 그곳에서 글 한 줄 띄울게요.

약속드려요.

버릇없는 Curly가.

c) 그날 내민 낯짝들

소영은 불쑥 편지를 써서 나에게 자기 생각과 변화된 마음을 던져 놓고 자책하듯 죄송하다느니, 못된 제자라느니, 용서를 구하곤 했다.

아마도 하는 일이 마음 먹은 대로 되지 않고, 헛헛할 때, 속마음을 시원하게 털어놓을 수 없을 때, 그래도 내게는 허심탄회하게 무슨 말이든 터트려 버릴 수 있다고 만만하게 생각될 때, 그가 특별한 의미 없이 보여주던 마음이었다.

그는 망아지처럼 철없이 무례한 듯 보이면서도 마음을 이해해 주리라 믿는 구석이 있어서 친구들과 할 이야기가 있었고, 나 같은 사람에게 진지하게 거침없이 할 말을 구분하여 자신의 속을 늘어놓기도 했다. 지금 생각하면 그의 마음을 이해하지도 받아주지 못하고, 그러려니 무심코 넘겨 버린 일들이 미안하고 또 미안했다.

석양 녘 퇴근 길거리에서 혼자 긴 그림자를 안고 걷는 그의 모습은 외로움을 타는 듯이 보였다. 그러나 그는 결코 티 내지 않았고, 비련한 속마음도 드러내지 않았다. 그가 혼자 터덜터덜 후평동 넓은 오르막길을 발 빠르게 가로질러 집으로 가는 모습이었다. 어쩌면 공허한 마음을 채우려고 아무도 기다려 주지 않는 빈집으로 생각 없이 무작정 향했던 것 같이 보였다.

남들은 나더러 어찌 그리도 소영에 관한 관심을 가지고 관찰을 잘도 하느냐고 하지만, 우연히 학교로 오가는 도중에 차 안에서 눈에 띈 모습들이었을 뿐이었다.

그는 언젠가 나에게 시인 '황동규'의 시 「시월」을 남겼다.
시의 6연은 마치 자신의 미래를 예견이라도 하는 듯했다.

–

"창밖에 가득히 낙엽이 내리는 저녁
나는 끊임없이 불빛이 그리웠다.
바람은 조금도 불지를 않고 등불들은
다만 그 숱한 향수와 같은 것에 쌓여 가고
주위는 자꾸 어두워 갔다.
이제 나도 한 잎의 낙엽으로, 좀 더 낮은 곳으로, 내리고 싶다"

마치 숨이 넘어가는 듯이 삶을 절묘하게 표현한 시를 뒤늦게 음송
하며 앞을 예견이라도 하는 것 같은 쓸쓸함이 느껴졌다.
그러나 그는 언제나 그랬듯이 위트의 여유로움을 잊지 않았다.

–

"지난주에 서울에서 95졸업 동기회를 가졌습니다. 다시 보는 얼굴들처
럼 좋았어요. 많은 친구가 참석하지는 못했지만, 그날 내민 낯짝들, 그 모
습을 보는 것만으로 흐뭇했습니다.
한 달, 두 달, 해가 바뀌어도 지금 같았으면 좋으련만….
푹 상한 나무 이파리들이 바삭바삭 메마른 낙엽으로 어느새 변해버렸네
요. 그날 내민 낯짝(?)들이라니…."

소영은 점점 흉물스러워질 생활이 덧없음을 알아차리는 듯 마음 아파했다.

d) 욕실의 모기 한 마리

—

교수님, 아무래도 제가 희생양인 것 같아요.

아침에 이모부께서 하신 말,

"누군지 모르겠지만, 모기한테 물렸구나.

내가 욕실에서 모기 한 마리를 잡아 벽에 짓눌러 죽여 놓았는데, 그놈이 어찌나 시뻘겋게 터져 죽었던지 물린 사람이 불쌍터라."

아뿔싸!

제 왼쪽 손목이 커다랗게 부어오른다 했더니!

그놈이?

그는 언제나 답답하고 우울한 분위기에서도 익살스럽고 재치 있게 마음의 여유를 찾아 기분을 전환했다. 그가 살아 있다면 지금쯤 성숙한 모습으로 지난날을 이야기하며 한바탕 웃었을 텐데….

나는 책상 앞에 걸려 있는 91학번 동기생들의 사진에서 소영의 모습을 다시 찾아본다. 사진에서 맨 앞줄에 쭈그리고 앉아 있는 그는 지금도 그때 모습 그대로겠지?

갈등 속의
투정

한번은 소영이가 보낸 서신을 뜯는 순간 나는 깜짝 놀랐다. 화를 내며 쓴 글이었기 때문이었다. 그러나 편지를 읽으며 점차로 사실을 이해하게 되어 고개를 끄덕이며 마음을 누그러트릴 수 있었다. 무엇 때문인지 그는 무척 화난 표정으로 자신을 나무라고 있었던지.

서두의 언투는 너무나 화가 나서 건딜 수가 없다고 시작했다. 뒤늦게 이르러서야 친구들과 자격지심의 갈등이 빚어낸 마음의 빚이었다고 인정하고 하늘로 비상하는 모든 것에 자신의 영혼을 송두리째 맡기고, 더 지독스럽고 어지러운 세상에 영혼 없는 빈껍데기로 남고 싶다고 했다.

"마음이 아플 필요도 없고, 그리움에 두리번거릴 필요도 없이 커피 잔으로 피어오르는 김에 쓸쓸한 영혼을 얹혀 버릴까?

아니면 보글거리는 된장 뚝배기의 구수한 내음에 동반자로 남아 보자고 부탁해 볼까?

잠시 하늘을 마음껏 날아다니는 새들에게 마음속으로 들어오라고 손짓이라도 해볼까?

그 어느 것도 될 수 없다면, 참을 수 없는 친구들과의 감정은 어찌해야 할까?

미련스리운 친구들에게 내 생각을 부딕해 볼 도리밖에 없을까?

그리고 짜증 나는 것들은 망각에 맡겨버리면 되겠지?

그러나 알게 모르게 찾아오는 광폭한 친구들이 언젠가 소영이 마음을 쑥대밭으로 만들까 봐…. 그게 걱정이다."

라며 소영은 너무 화가 나서 망연자실하였고 그 자리에 짜증스럽게 주저앉았다며 기운도, 의욕도 잃은 채 하나님이 원망스러울 뿐이었다고 했다. 그러나 소영은 집에 돌아갈 때까지 촉촉하게 두 눈이 젓도록 보살펴 준 하나님 그분의 사랑에 그저 감사할 따름이었고, 화가 폭발할 즈음에 마음을 지켜주심에 감사했다고 했다.

"교수님, 사랑도 많이 하면 버릇이 되겠죠? 사랑하는 버릇, 당신의 버릇은 무엇인지 굳이 알고 싶으세요? 간단해요. 당신을 포기하면 됩니다. 그게 제 버릇이거든요. 그래도 더 알고 싶으세요? 나의 사랑하는 버릇을?

교수님, 저 철들게 해주세요. 철은 혼자 드는 거라고 하던데?

어떡하죠?

투정의 명인으로 낙인찍힌 Curly가 '95년 하늘이 열리던 날에…."

라며 끝을 맺었다.

소영은 뭐든지 잘못 들여진 버릇을 고치려면 '자신을 포기하는 거'라며 세상에서 필요한 자기의 길을 언제, 어떤 계기로, 어디서 깨달았는지 대뜸 평소에 깊이 생각해 온 마음을 풀쳐 놓았다. '자기 포기'란 그리 쉽지 않은데, 자신을 비우는 계명인 것을 잘 알고 있는 그는 독백하듯이 자기 생활철학(?)을 거리낌 없이 피력했다. 그래서 더욱 그의 마음이 돋보이고 생각나고 속마음이 듣고 싶었다. 그는 철이 덜 든 자신을 걱정하며 어떻게 해야 철이 들 수 있느냐고 나에게 물었다. 그러나 그는 어떻게든 자기 스스로 사리분별을 해야 한다고 현자답게 자문자답하였다.

어느 날 아침의 스케치

"Good morning, 좋은 아침입니다.

오랜만에 정신이 번쩍 드는 아침입니다. 어제의 비에 이어 영하 5도의 꽃샘추위가 마치 계절이 거꾸로 가는 건 아닌지 착각마저 들게 합니다.

오늘 아침 6시 30분경에 집을 나섰습니다. 지하철을 부리나케 오르면서 소아마비 소년 한 명을 보았습니다. 작은 체구에 앙상한 팔다리 그리고 작은 손으로 힘 있게 부여잡은 두 목발. 그 애는 뛰다시피 너무나 열심히 계단을 오르고 있었지만, 그의 뒤를 따르는 모두가 그를 앞질러 갔습니다. 그러나 저는 계단을 오르는 그 애를 앞지를 용기가 없었습니다. 값싼 동정심에서 그 애의 뒤를 가만히 따랐는지도 모를 일이죠. 처음부터 끝까지 그 애는 내 앞에서 나를 이끌어 주었습니다. 열심인 그 아이의 모습이 저로 하여금 좋은 아침을 힘없는 아침으로 시작할 동기를 부여한 셈이죠.

오늘 상쾌한 아침의 몫은 그 아이의 것입니다. 아침 일찍부터 커다란 배낭을 메고 어디로 향하는지 모르지만, 반드시 좋은 하루가 될 것으로 믿고, 꼭 그러길 바랍니다.

요 며칠 나태해져 가는 제게 커다란 귀감이 되어 주고, 용기를 준 그 아이가 한없이 고맙게 여겨집니다.

어제의 절망이 오늘은 더 이상 절망이 되도록 내버려 두지 않겠습니다. 회색 도시 속에서 물들어 버릴 저를 상상하면 버럭 겁이 납니다. 회색이 되기 전에 저의 색깔을 지키고 더욱 선명하게 갈고 닦기를 게을리하지 말아야겠어요."

소영은 회색으로 물들어 가는 도시에서 자신을 지키기 위해 하루 아침을 스케치하고, 세상을 방관하는 자신으로부터 벗어나지 못한 채 그 사이에 끼어 닮아가는 모습에 화가 났다. 그러나 이 어려운 가운데 용기가 되어 준 소아마비 지체부자유아를 통해 나태해지고 무기력했던 생활에 활력소가 되어 준 게 너무너무 고마웠다. 오늘의 절망이 더 이상 내일의 절망이 되지 않도록 하겠다며 아침을 이끌고, 목발에 의지하여 절뚝거리며 계단을 오르는 아이가 자신의 용기가 될 뿐 아니라, 세상을 이길 수 있는 힘이 되어 주길 간곡히 바랐다.

차마 앞서갈 수 없었음은 자신의 진정한 이웃을 생각하고 이를 위하여 무엇을 할 수 있는지 마음의 여유를 갖는 값싼 동정심의 기회가 되지 않을까 두려웠기 때문이었다. 모두가 강도 만난 자를 보고 지나가듯이 자기 갈 길에 여념이 없었지만, 소영은 한 템포 늦추어 진정한 이웃이 어떤 건지 잠시 생각하며 뒤를 따랐던 것이다.

비록 자신을 헌신하며 돕는 진정한 이웃이 되지는 못했지만, 그에 버금가는 마음으로 세상을 바라다볼 수 있는 안목을 열었다고 생각했다. 목발로 지하철 층계를 오르내리는 고통이 소년에게 분명 힘든 하루였으나 오히려 소영에게는 힘이 되는 하루를 약속하고, 사랑의 마음을 그의 목발에 얹혀 주며, 오늘은 어제보다 더 나은 하루가 될 것을 확신하였다.

소영은 오늘 아침이 앞으로 더 좋은 하루를 약속받는 계기가 될

것으로 믿고, 아이의 고통을 마음으로 위로하고 사랑의 후원자가 되
길 기도했다고 했다.

소영의
넋두리

"오래 간다고 해서 소국을 택했는데….

2~3일 걸린 다네요.

그때까지 약간의 생기가 남아 있기를 바라며

교수님 뵈려고 안 하던 화장도 했는데….

다음엔 소국도, 화장도 없이 가면 뵐 수 있겠죠?"

'너에게 가는 그리움의 전깃줄에 나는 감전 되었다'는 말과 함께 소영은
넋두리를 늘어놓았다.

"교수님,

이 페이지가 마지막 장입니다. 서울에 와서 구입한 노트장의 마지막 장이
죠. 내일은 새 연습장을 사야겠어요. 한 줄의 여유가 아닌, 한 장의 여유로
움을 느끼려고 이 페이지만은 아무것도 쓰지 않으려고 했습니다만….

왠지 꽉 찬 것은 매력이 없잖아요?

조금은 비어 있어야 좋잖아요?

그렇죠?

그런데 전 너무 많이 비어 있었다고요?

더 채우라고요?"

소영은 코 먹은 소리를 내며 어리광을 부렸다. 〈95. 3. 2.〉

"하늘이 온통 비 범벅이 되어 뿌연 채로 있음을 내심 좋아하는 Curly가 그런 하늘을 머리에 이고 앉아 잠시 창밖을 내다볼 여유가 생겨 좋아하시는 4층 파수꾼 노교수님께,
한동안 쓰지 않으려고 했는데 오늘 남아있는 모든 색종이를 없애려고 또 한 장의 소식을 전합니다.
비가 억수로 내리는 낮에…." 〈95. 8. 23.〉

창밖을 내다보며 연구실을 지키는 파수꾼으로 나를 비유하며 소영은 후덥지근한 여름날, 독서실 창가에 앉아 책을 펴고 밖을 내다보며 뜬금없이 자신의 마음을 날씨에 비추어 우울한 심정을 색종이 편지지에 옮겨 썼다.
한바탕 쏟아지는 빗속을 뚫고 밖으로 뛰쳐나가고 싶은 감정을 억누르고 오락가락 꾸물대는 날씨에 지친 듯 힘겹게 마음을 열었다.

생각을
접으며

 소영은 생각하는 것도 많다.

속을 몽땅 털어놓고 싶은 것도 많다.

하지만 말을 들어줄 사람은 많지 않다.

사람을 만나도 자신을 먼저 숨기기 바쁘다.

아는 척, 모른 척, 그런 척히지

실은 속이 텅 비어있는 사람처럼.

하루는 회사 동료들과 바깥바람 쐬러 나간다고 했다.

그러나 말 대신 표정으로 자신의 이야기 나누기를 좋아했단다.

글쎄 속마음엔 무엇으로 가득 들어 차있까?

나는 그가 뜻하지 않게 젊은 나이에 병고를 이기지 못하고 끝에 유명을 달리했다고 생각하면, 끝까지 참아내지 못하고 너무나 쉽게 세상을 저버리고 자기에게 주어진 자리로 찾아간 것이 아닌가 하는 아쉬움에 등골이 오싹하도록 소름이 끼쳤다. 한창 젊은 나이에 생명을 다름 아닌 자신이 펼쳐야 할 세상에 바보같이 몽땅 빼앗겼다니, 아픔과 그리움의 자리가 화산 분화구만큼이나 크게 느껴졌다.

지금쯤이면 도란도란 가족과 친구들에 둘러앉아 그들 앞에서 들려 주고 싶은 말도, 듣고 싶은 말도 많았을 텐데….

부모님과 가족들은 얼마나 가슴이 쓰리고 아팠을까?

결혼 전까지 부모님을 끔찍하게 생각하던 마음은 어디에 접어두고 자기 고통 앞에서 자신마저 포기하다니 못난이처럼….

무심한 세상이라서 가슴이 설움에 메고 답답하고 피를 토할 것 같았겠지만, 이제는 천국에서 아무런 고통도 걱정도 없이 고즈넉이 부모 형제, 잊을 수 없는 친구들, 지인들을 내려다보고 함박꽃웃음을 피우며 예쁘고 밝은 얼굴로 하루하루를 맞이하렴.

여느 때처럼 그들과 만나 가슴으로 껴안고 마음에 맺힌, 못다 한 말을 실컷 쏟아내고 울음을 터트려 막힌 가슴을 틔어보아야겠지? 하지만 손에서 놓쳐버린 시간은 바람 같은 것. 나는 마음을 가다듬고 지난날에서 빠져나와 숨을 깊이 몰아 내쉰다.

어느 날 편지 뭉치를 정리하다가 방바닥에 떨어지는 엽서의 둔탁한 소리에 나는 무심코 주워들었다. 소영이의 엽서였다. 나는 다시 한 자 한 자 읽어 내려갈 때 마음이 뭉클했다. 보통 때 같으면 편지를 대충 눈으로 읽었을 뿐 한자씩 마음에 새기며 읽지 않았기 때문에 별다른 감흥을 자아내지 못했다. 그러나 그의 죽음을 의식하고 다시금 읽는 편지는 그의 생각이 가까이 다가와 영혼을 흔들어놓았다.

"그리운 사람에게 씁니다.

교수님, 저 Curly 소영, 못된 제자 기억나세요?"로 시작한 그는 이름 위에 방점을 또렷이 찍으며 소영이라고 강조했다.

소영은 7월 1일 자로 KITPI(한국 정보 기술원)를 수료하고 그날부로 현대그룹 계열 '현대 미디어 시스템'에 입사했다며 기쁨을 감추지 못하고 아직 어리벙벙하다는 소식이었다. 그래서 그 이후로 춘천에 내려가지 못해서 찾아뵙지 못했다는 내용이었다. 곧 변변찮은 명함 들고 찾아가겠다며 그동안 무심했던 Curly를 꾸짖어달라는 엽서였다.

나는 그의 소식을 접하곤 갑자기 마음이 섬뜩 아픔처럼 느껴졌다. 그는 언제나 나를 다정다감하게 '교수님'으로 불렀지만, 이번에는 '그리운 사람에게'라고 불렀기 때문이다. 무척 마음이 호젓하고 슬픔이 가득한 마음에서 자신의 아픔을 누구에겐가 표출하고 싶었던 것 같았다.

지금 생각해봐도 나는 그에게 무어라 불렀는지 전혀 기억이 나지 않는다. 아마도 별다른 호칭이 필요 없었기 때문이었을 것이다. 서신 답장이나 캠퍼스나 강의실 복도에서 만나도 "잘 지내니?"라는 말이나 웃음 짓는 것이 고작이었던 인사가 그에게 너무 무관심했다는 생각이 문득 들었다.

차라리 "요즈음 어떻게 지내니? 학교생활은 재미있니? 남자 친구는 어떻게 되어가니?"라고 물었더라면 훨씬 다정다감했을 텐데….

지금 곰곰이 생각해봐도 그에 대한 답신에서 '소영에게'라는 이름 이외에 달리 뭐라고 호칭하였는지 한 자도 생각이 나지 않았다. 내가 쓰다 남은 꾸깃꾸깃한 필적이라도, 찢어버린 쪽지라도 편지 서류 봉투에 우연히 남겨두었더라면 좋았을 텐데, 봉투를 툴툴 털어도 찢어진 종이 쪼가리도 없으니 누구에게 물어볼 수도, 찾아볼 수도 없어 답답했다. 오로지 내가 그에게 쓴 흔적은 결혼식 때 써서 읽은 주례사뿐이었다.

나는 주례사를 통해서 그에게 무엇을 조언했는지 겨우 알 정도다. 딱딱하고 형식적이고 관례적인 생활을 거들먹거리며 반은 충고하는 말투로 주례사를 끝맺은 것이 전부였다.

그는 그 이후 실낱같은 말 한마디도, 글도 남기지 않고 자기 삶과 생각을 주섬주섬 가슴에 주워 담은 채 미련도 흔적도 없이, 그리움 한 터럭도 남김없이 주변을 깨끗이 치우고 인사말도 없이 떠나고 말았다. 그가 나에게 남긴 것은 오로지 보고 싶고, 이야기를 나누고 싶고, 생각을 읽고 싶고, 생활을 한 올씩 느끼고 싶은 마음뿐이었다.

이제는 삶에 대한 고통스러운 아픔도, 기쁘고 행복한 기억도 모두 품고, 오로지 자신의 널따란 세계에서 아름다운 꿈을 꾸고 가꾸며 펼치기 바라는 것이 전부였지만, 그의 죽음만 생각하면 참담하여 나는 한동안 생각을 놓고 마음을 가눌 수 없었다. 이제는 그가 이승에서 괴로워했던 마음과 생각과 질고를 훌훌 털어버리고 그동안 웅크리고 있었던 자신으로부터 가슴을 활짝 펴고, 여유롭고 자유로운 영혼으로 거듭나길 기도할 뿐이다.

영겁의 늪을 지나 기억의 껍질을 한 겹 한 겹씩 벗겨내기를, 사랑의 냄새가 흥건한 삶을 만끽하기를 기도한다.

〈2019.4.12. 소영이 죽음의 소식을 듣고〉

주례사

　　먼저 축하를 받으며 따뜻한 마음을 나눌 수 있는 자신의 시간을 택한 신랑 신부 두 사람에게 갑절의 사랑이 더하고 축복이 차고 넘치기를 기원하며, 나는 소영 Curly의 결혼축하 주례사를 또박또박 읽어 내려갔다.

　　나는 일찍이 10년 전 대학에서 가르친 은사로서 오늘은 특별히 세월의 흐름이 빠름을 느끼는 가운데 사랑하는 제자 소영의 주례로 서게 되어 감회가 남달랐다. 대학을 졸업하고 사회에 나가 자신을 형성하기 위해 몸부림치던 바로 그 학생이 오늘은 많은 사람 앞에서 가정을 이루는 첫 시간을 준비하는 모습을 보니 마음이 뿌듯했다.
　　얼마 전 미국에서 귀국하여 조금도 격이 없어 보였고 듬직하고 호감이 갔던 신랑 이 군은 신부와 잘 어울리는 한 쌍이라는 생각이 들었다.
　　나는 오늘 캠퍼스에서 만난 사제지간이 아니라, 성숙한 사회인으로 세상을 살아가는 데에 있어서 조금이나마 도움이 되도록 일상생활에서 잊기 쉬운 평범한 말로 두 사람을 축하하고자 했다.

　　동서고금을 통하여 남녀가 사랑하는 것은 당연한 이치로 사랑을 하면 서로 오매불망하고, 사랑하는 것은 인간의 영혼으로부터 필연적으로 니다나는 김싱이라고나 할까? 두 사람은 서로 아끼고 돕고, 그리워하며 영혼까지 하나가 되길 바랐다.

그런데 요즈음 사랑을 나누고 느끼는 인간의 감정은 참으로 인색하게만 느껴진다. 서로 간에 해묵은 이해가 오가는 그런 사랑이 널려 있기 때문이 아닌가 싶다. 이 자리에서 두 사람이 행복한 가정을 이루고, 행복한 동반자가 되기 위하여 생각해야 할 주제는 다음과 같다고 피력했다.

세상에서 일반적으로 아름다운 형태를 말할 때면 우리에게 안정감을 주는 구조로 외적으로 잘 조화를 이루는 대칭구조라고 생각한다.

하나님은 일찍이 우주만물을 창조하실 때 우주의 질서와 조화를 바로 대칭구도에 기본을 두었으며, 우리 인간들이 추구하는 미적 형태 또한 바로 이러한 구도를 기초로 하고 있음을 볼 수 있다.

지구가 그렇고 모든 건축구조물과 인간의 생김새가 그렇듯이 오늘 두 사람 또한 서로 대칭구조의 닮은꼴을 하고 있지 않나 생각된다. 그러나 축복의 대칭 앞에 서 있는 신혼부부 두 사람은 단순히 외적인 대칭뿐만 아니라 내적인 마음도 서로 대칭을 이루는 삶을 살아가길 바란다.

일반적으로 시기하고, 투기하는 마음은 자기가 바라다보는 눈을 보이는 데로 보지 않고, 자기가 보고자 하는 대로 보기 때문에 생기는 사시현상이다. 세상을 바라보는 눈이 어떤 눈이냐에 따라 다르게 보이는 법이다.

부부생활을 하면서 자기의 눈으로 자기가 보고자 하는 의도로 상대방을 바라볼 때, 의견이 대립하고, 언성이 높아지며, 얼굴을 찡그리게 된다. 그런즉슨, 만약 자신이 바라보는 모든 것을 상대방의 눈을 통해 잠시 투사시키려는 노력만 있다면 서로를 이해하고, 세상이 달라 보일 것이다.

만약 병들고, 고통받는 사람을 사랑의 눈으로 보고, 자신이 힘들고 지쳐 있을 때 믿음의 눈으로 세상을 바라본다면, 비록 시련과 고통이 크다 할지라도 모두 극복되리라 믿는다.

세상을 육신의 눈으로 보면 육적인 욕망이 일어날 것이고, 기쁨과 인내와 믿음의 눈으로 본다면 감사와 소망의 마음이 일게 될 것이다.

나는 신혼부부에게 진실로 부탁하지만,

첫째로 두 사람은 대칭이 되는 구도 가운데 상대가 존재함을 깨닫고 서로를 지켜주길 바란다. 사랑이라는 대칭적 구조 안에서 서로 이해하고, 참고, 감싸주고, 용기를 불어넣어 주고, 위로가 되어 주는 마음을 간직한다면, 서로가 대칭된 모습을 보완하고 유지시킬 때 가정의 평화와 기쁨과 감사가 넘치리라 생각한다. 때문에 가장 완벽한 대칭을 이루는 원의 구조를 닮아가길 바란다.

둘째로 서로의 다른 점이 틀린 점이 아니라는 사실을 인정하는 마음을 갖춰야 한다. 두 사람은 지금까지 오랜 세월 동안 자기의 생각을 자기의 습관에 맞도록 길들여 왔다. 서로 다른 환경에서 다른 교육을 받아왔고, 다른 가치관을 갖고 살아왔다. 따라서 때로는 자기의 생각이나 습관만이 올바르고, 상대방의 생각이나 관습은 틀리다는 생각으로 상대방에게 자기의 생각과 습관을 강요하는 경향이 많다. 그런데 서로 간에 다르다는 것이 잘못된 것 또는 틀린 기준이 되는 것은 올바른 자세가 아니다. 두 사람은 서로를 길들이기 연습이

나 상대방을 제압하려거나 자신의 습관에 상대방을 융화시키려 들지 말고, 상대방의 눈높이에서 바라보는 자세를 갖고 될 수 있으면 자신을 낮춘 자세로 세상을 살아가는 것이 바람직하다.

끝으로 자그마한 일에 늘 감사하고 살기를 부탁한다. 이 자리에 있기까지 자신을 아끼고 감싸준 모든 사람에게, 특별히 좋은 배우자를 만난 것에 대해, 그리고 부유하지 않지만 부족함이 없음에 대해, 더구나 남을 위해 봉사할 수 있는 건강을 갖게 됨에 감사하는 마음을 갖기 바란다. 세상에는 병들고, 소외되고, 길거리에서 추위와 물과 식량부족으로 죽어가는 약자들이 곳곳에 있음을 한 번쯤 생각하며, 자신의 현 위치에서 감사하고, 이전에 소중히 간직하고 있던 초심을 실천해가는 두 사람이 되길 바란다.

성경에 쓰여 있기를

"사랑은 오래 참고, 온유하며, 투기하지 않으며, 자랑치 아니하며, 교만하지 아니하며, 무례히 행치 아니하며, 자기의 유익을 구치 아니하며, 성내지 아니하며, 악한 것을 생각지 아니하며, 불의를 기뻐하지 아니하며, 진리와 함께 기뻐하고, 모든 것을 참으며, 모든 것을 믿으며, 모든 것을 바라며, 모든 것을 견디느니라." 하였다.

두 사람은 평생 이러한 사랑을 목표로 앞으로 어떤 상황, 어떤 조건에서도 오늘 하나가 된 만남을 기억하고, 항상 자신을 변화하고 진화시켜 가길 부탁했다.

-춘천 은하 예식장에서- 〈2002. 2. 24.〉

소영의 *절친*
혜영과 정란

2002년 2월 24일 소영의 주례사를 띄엄띄엄 읽은 게 엊그제 같은데 16년 전 미국으로 떠나가기에 앞서 나의 연구실에 남긴 한 장의 엽서가 소영이의 전부였다. 엽서는 내가 은퇴할 때까지 책장 안에 비치되어 있었고, 퇴직과 함께 나의 누런 우편봉투로 옮겨졌다. 그가 결혼을 하고 나에게 남긴 엽서가 다시 읽히는데 16년이란 긴 세월이 걸렸다. 지금도 그를 생각하면 가슴이 먹먹하고 답답해 온다.

4년 전 홀연히 세상을 떠났다는 소영을 생각하면 정말 사람의 허무한 운명은 누구도 예측할 수가 없다. 어찌 이런 일이 내게서 일어날 수 있는지 실로 지금도 믿기지 않는다.

눈을 감으면 그의 해맑고, 가련한 모습이 눈앞을 가로막았다.

나는 무어라 할 말을 잃고 생각의 초점을 잃은 채 하늘을 올려다보면, 둥둥 떠도는 흰 구름이 아직도 소영이가 우리들의 곁을 떠나지 못하고 맴돌고 있는 것 같고, 왠지 마음에는 어두운 그림자가 드리우고 지난날이 끊임없이 고개를 들었다.

언젠가 서신에서 소영이가 밑도 끝도 없이 어리석은 제자 Curly가 돌아왔다고 했던 말이 문득 기억났다. 무슨 일이 있었던지 그때 일은 알 수 없으나, 내가 자기 마음을 알아줄 수 없느냐며 한숨 섞인 소리로 나에게 던진 말.

"교수님, 무정한 제자 소영의 마음을 알아주시겠죠?"

"밥 한 끼 대접도 못 한 어리석은 세사 Curly가 돌아왔습니다."

어디로부터 어떻게 돌아왔는지 단지 그는 힘든 상황에서 모든 걸 박차고 제자리로 돌아왔음을 암시하였다. 그리고 방황하던 길에서 다시 찾아온 마음은 홀가분하고 편해졌다고 했다.

단지 아쉬운 만남이 다음 만남을 더 빛나게 하지 않을까 하는 생각에 그냥 돌아왔다며, 약하게 사는 모습을 보이지 않으려고 서둘러 돌아왔다고 했다. 그리고 지난해의 열정을 다시 회복할 수 있을지, 지난 삶을 헛되게 만들지 않을 수 있을지, 가슴이 답답해 온다고도 걱정했다.

그의 글을 읽노라면 그 나이에 당면한 결혼문제, 취직문제, 엉클어진 삶의 고민, 병든 육신, 속앓이 등, 갈급한 문제들로부터 잠시 마음을 내려 놓아버린 생활이 밑바닥에 깊숙이 깔려 있음을 알 수 있었다. 그러나 곧바로 마음을 되잡고 새 출발을 다지는 소식처럼 들리기도 했다.

나는 소영이와 절친했던 송혜영과의 교류를 통해 소영이가 졸업 후, 어떤 마음으로 대학생활을 했는지 엿볼 수 있었다.

혜영이의 넋두리 또한 소영이와 별반 다르지 않았다. 분명히 어딘지 닮은꼴이었기 때문이다.

혜영이가 '오토마타' 시험답안지 뒷면에 쓴 한 편의 시 「어느 날의 기도」를 보더라도 그렇다.

―

어느 날의 기도

받는 데만 열심이다가

주는 데 무심치 않게 하소서

육체의 고락만 추구하다가

영혼의 간구를 놓치는 일 없게 하소서.

다른 이들의 잘못은 잘도 찾아내면서

자신의 잘못엔 슬쩍 한눈을 팔거나

아니, 어물쩍 두 눈을 감는 일 없게 하소서.

당신을 섬기겠다, 맹세하면서

자신을 섬기는 일 없게 하소서.

"교수님, 제가 참으로 좋아하는 시예요.

마음이 탐욕스러워지거나 어지러울 때 주기도문처럼 되뇌는 시죠.

그렇다고 제가 종교에 귀의한 신자는 아니에요.

그냥 이 시를 외우고 있으면 마음이 편해지곤 해요."

어젯밤엔 갑자기 비가 내리기 시작했다며 비는 눈이랑 달라서 보고 있으면 자꾸 눈물이 난다고 했다.

빗방울이 가로등에 부딪히는 모습이 참 고왔지만, 요즈음엔 뚫려버린 가슴에 눈물이 스미어 얼어버렸는지 혜영은 가슴이 시리다고 했다.

비 온 뒤의 아침이 비록 찬란하고 눈부시더라도 지금 살아가는 것이 너무 두렵고 무섭다고 했다.

하지만 혜영이는 열심히 밝고 환하게 살고 싶다고 했다.

〈1994. 12. 7.〉

소영이와 혜영이를 비롯한 91학번 여동기생들은 어느덧 성숙한 숙녀가 되어 세상을 바라보는 눈이 열리고 감성을 절제하는 모습이 어찌도 닮았던지, 친구는 서로 어쩔 수 없이 닮아 가는 것 같았다.

혜영이는 「어느 날의 기도」에서 세상 모습을 고스란히 드러내 보여 주며 인간들의 삶을 직시하고 참회하였다. 그의 말에서 나 또한 생각과 마음이 바르게 서 있어야 함을 다시 한 번 확인해야 했다. 그런데 요즈음 사회는 매스컴에 끌려다니며 생활하고 생각하고 그 주장에 따르는 것이 슬프고 아프다. 자기주장과 주관은 실종되고 남들 이야기가 끝도 없이 방만하게 그들의 삶의 방향을 주장하고 이끌고 있기 때문이다.

혜영이의 기도가 모든 젊은이의 마음이 되길 바라며, 일찍이 소영이도 이런 마음에 동감하지 않았을까?

소영은 유환숙 님의 「일몰」을 통해 마지막으로 자신의 마음을 한 곳으로 불러 모았다.

가슴과 가슴이 맞닿는 곳에 하늘 바다의 시간이 맞물려
시뻘건 신음을 토하고 있다.
예비된 만남이었기에 깊은 골짜기에 입 맞추는 순간
꼴깍 넘어가는 숨결
떨리듯 흐르는 낮은 노랫소리
누운 모래들이 젖은 물을 일으킬 때
불현듯 밀려오는 검은 말발굽 소리.

소영은 일몰이라면 강대 도서관 63 계단에서 보는 게 제격이라고 했다.

"해 넘어가기 전 한참은 정말 아름답죠. 이제 하늘을 자주 올려다 볼 계절에 들어섰습니다. 하늘빛에 매료되어 할 일을 뒷전으로 미루는 일이나 없어야 할 텐데…"라며 석양 앞에서 소영은 하늘을 바라다볼 시점에 섰다며, 마지막으로 해야 할 일을 걱정하였다.

그리고 그는 마음도 가을 속의 한강처럼 유유히 머물지 않고 흐르고 흘러 넓은 바다로 시원하게 가 버렸으면 좋겠다고 했다. 마치 소영은 바람이 실현이라도 된 것처럼 정말 넓은 바다로 흘러 생각의 끝으로 가고 말았다.

소영은 언젠가 혜영에게 내가 살이 많이 빠져 보인다며, 나이 들면서 살이 많이 빠지면 안 예쁘다고 이번 가을엔 살을 좀 찌우시라고 걱정을 해 주던 따뜻한 마음이 뜬금없이 생각났다.

한편 소영과 자주 연락하던 절친 박정란은 졸업을 앞두고 학과 공기가 어수선하고 무거움을 느낀다며 조용히 나에게 민감한 학과 분위기를 전하고 걱정하고 위로해 주었다.

"어제 교수님의 모습과 말씀이 너무나 잊히지 않아 조금은 우울했고 죄송스러운 생각이 떠나지 않았습니다.

저 자신이 딱히 꼬집어 표현할 수는 없지만, 교수님의 마음을 이해할 수 있다면 교수님께서 조금은 위안이 될 수 있을는지…."

자기뿐만이 아니라, 모든 학생이 무엇인가를 느꼈으리라고 생각한다며, 가슴으로 이해하는 모든 것들을 표현하지 못하는 저희의 마음을 이해해 달라고 했다.

　징란은 말주변도 없고, 찾아갈 용기는 더더구나 없고, 무엇을 어떻게 말씀드려야 할는지 모르겠고, 내가 조금 거리감이 느껴지는 분이라 했지만, 늘 아버지와 같은 분이라고 생각해왔기 때문에 인자하신 아버지의 모습으로 저희에게 남아 있으면 좋겠다고 했다.

　나는 삭막한 관계 속에서도 늘 인간적인 모습으로 자기들에게 웃어주는 분으로 기억될 것이고 그러길 바란다고 했다.

　그리고 포근한 마음으로

　"좋은 계절입니다. 아, 교수님께서는 조금은 싫은 계절이 될 수도 있겠지만 늘 건강하시고 행복하시고 우울해 하지 마세요. 푸른 계절에 교수님을 존경하는 학생이 보냅니다."라고 끝맺었다.

　그는 봄철에 내가 꽃가루 알레르기로 고생하는 것을 잊지 않고 걱정하며 힘내라는 격려도 덧붙였다.

Part Three

사순절의 묵상과 사랑

· · · ·

묵상은 단순한 생각이나 선(禪)이 아니라,
삶의 행위와 체휼과 동정이 함께한
하나님을 향한 사랑으로 삶의 변화를 요구한다.
사람마다 사순절을 맞아
예수님의 수난과 고난에 동참하고
자신의 고통을 함께 나누고,
짜릿한 감사와 사랑을 맛보며
매일 하나님과 함께 열매 맺기를 바란다.
올 사순절의 묵상은 2018년 사순절에
김진국 별(*)종목사님이
나에게 던져 주신 묵상의 화두를 근간으로
나의 마음에 재조명하고
새로이 반추한 것들이다.

사순절의 본색(本色)

사순절은 부활절 전 40일(四旬) 기간 동안 지키는 것으로, 재의 수요일에서 성토요일에 끝난다. 재의 수요일은 사순절의 첫날 참회의 상징으로 사제가 머리에 재를 얹는 예식에서 명칭이 생겼다. 사제는 '흙에서 났으니 흙으로 돌아갈 것'을 상기시키며 신자들의 머리에 재를 얹는 의식이다.

사순절은 예수가 세례를 받은 뒤 40일 동안 광야에서 금식하고 사탄의 유혹을 받으며 보낸 기간을 기념하여 생긴 기독교의 관습이다. 사순절의 주된 정신은 참된 자아를 추구하고, 영적인 준비를 갖춘 뒤에 예수의 부활을 축하하는 것으로, 마음을 가다듬어 번뇌를 끊고, 진리를 깊이 깨닫고, 환생의 경지에 이르는 것을 의미한다.

이번 사순절의 묵상은 그리스도의 고난을 묵시(默示)하는 가운데 내 삶을 반추한 것들이다. 묵상은 예수님이 겪은 수난과 고난에 초점을 맞추었다. 묵상의 주제는 사람마다 각자 자기 생각과 마음에 매듭진 것에 따라 다르지만, 성경 말씀에 비롯된 것이기에 오직 하나가 있을 뿐이다.

물론 묵상의 주제들은 다른 시점, 시각에서 바라보는 모습일 뿐, 모두가 부활의 꿈을 키우고, 예수님 사랑의 씨앗을 뿌리고 심는 것에 목표를 두고 있다. 따라서 묵상은 지난날의 미움도 질투도 사리사욕도 사ㅗ라트리고, 선하고 아름다운 것, 기쁘고 즐거운 것을 회복하는 기점이다. 즉, 마음을 넓혀 세상을 바라다보는 심상(心想)에서 출발한다. 그런즉슨, 묵상은 추하고 사악한 마음을 버리고, 자신을 비우고, 나를 찾고, 이웃을 사랑하고, 하나님을 만나고자 하는 신실한 마음이다. 그 안에서 하나님을 발견하고 부활의 근원을 찾는 수련과정이라고나 할까? 나 자신의 노욕을 버리고 감사와 사랑의 마음을 연단하는 시험대이다. 사랑을 나누되 지나침이 없고, 사랑을 받되 필요 이상이 되지 않도록 절제하는 마음이 묵상의 진실한 미덕이지 싶다.

사순절에 내가 숱한 내적 갈등 속에서 밤을 지새우고 묵상을 할 때 진실로 벅차고 힘든 주제들은 한마디로 하나님과 예수님의 마음으로 묵상해야 할 화두였다.

예수님이 죽기까지 인간을 사랑하고, 골고다 언덕에서 당한 질고와 고통을 감내하는 것은 참기 힘든 것이었다. 자신을 완전히 희생하면서 하나님을 사랑한다는 것은 인간으로서 참으로 곤욕스럽고 감내하기 힘든 고뇌였기 때문이다.

무엇이든 자신의 마음에 몰입된 것이나, 삶에 걸림돌이 되는 거라면 묵상의 주제가 되는 것으로 끝없이 성경 안에서 살아 꿈틀거리고 있는 것들이다.

시간과 세월의 흐름에 따라 관점은 다를 수는 있으나 하나님의 사랑과 예수님의 부활의 중심에서 벗어날 수 없다. 하나님은 하나이고, 예수님 또한 한 분이기 때문이다.

묵상은 자신의 성화와 변화가 그 중심에 있기에 단순한 간구나 선

㈜이 아니라, 삶의 체휼과 동정이 함께하는 하나님을 향한 사랑이다.

사순절의 본색은 예수님이 십자가 위에서 겪은 수난과 고난을 기억하며 고통을 나누고, 감사와 사랑을 느끼고 살아 있는 예수님을 만나서 같이 호흡하고자 하는 데에 있다.

사순절의 여러 묵상 가운데 내가 제일로 가슴 아프게 꼽는 주제는 아직 이루지 못한 형제자매들에 대한 참다운 사랑이다. 거라사인 같이 살아가는 피붙이를 구원하는 것이 가장 무거운 과제이다. 때문에 거라사인으로 살아가는 사람들을 만나기 위해 위험을 무릅쓰고 한밤중에 호수 건너편으로 건너간 예수님의 돈독한 사랑이 무엇인지 깨닫고 이를 삶 가운데에서 실천하는 것이 나에게 큰 과제로 남아 있다.

또 한편 사회적 약자로 강도를 만난 자의 진정한 위로자가 되고, 치료자가 되어 이웃을 돕고 배려하고 그들을 구원하는 일에 앞장서는 진정한 이웃이 되는 일이 두 번째로 나에게 남겨진 소명이다.

셋째로 하나님과 내가 삼자의 관계가 아니라 '너와 나'라는 인격적인 관계로 하나를 이루고, 끝으로 내가 하나님을 만남으로 예수님을 사랑하고 영생의 믿음을 얻는 것이다.

"호수 건너편으로 가자"

예수님이 제자들과 함께 온종일 복음을 전하고 제자들과 피곤한 상태에 있었음에도 불구하고 하루는 예수님이 제자들과 함께 배에 올라 밤에 갈릴리 "호수 건너편 거라사로 가자."라고 하였다. 밤중에 배로 바다를 건너는 일은 목숨을 거는 것만큼이나 위험천만한 일임에도 예수님은 제자들에게 건너가자고 독려하였다. 제자들은 건너는 도중에 위기를 만나 죽을지 모른다는 생각을 하면서 왜 이 밤중에 호수 건너편으로 가자고 하는지 누구 하나 이유를 묻거나 불편한 마음을 보이지 않고 순종함으로 따라나섰다.

호수 건너편은 이방인 거라사인이 사는 지역으로 귀신들린 자가 공동묘지에 살고 있었다. 그들은 사회로부터 소외당하고 버림받은 존재이지만, 예수님은 귀신에게 사로잡혀 고통받는 가엽고 애처로운 영혼을 생각하면 마냥 보고만 있을 수가 없었다. 때문에 자신을 비롯해서 열두 제자의 안전까지도 위태로울 수밖에 없는 밤에 바다같이 넓은 갈릴리 호수를 건너가자고 한 것이다. 이는 오직 가련한 영혼을 향한 예수님의 순수한 사랑 때문이었다.

피곤한 제자들에게 호수 건너편으로 가자는 말은 "호수 건너편으로 건너가지 않겠느냐?"라고 나직이 속삭이는 예수님의 권유였다.

평상시에 우리가 거라사인 같이 불쌍한 사람이 사는 바다 건너편으로 한밤중에 가자고 도움을 청하는 예수님의 음성을 듣는다면 우리는 어떻게 했을까? 위험한데 왜 하필이면 밤이냐고, 불평하지 않았을까?

예수님의 부탁이 우리에게 언뜻 납득이 가지 않았음에도, 하던 일을 제쳐놓고 곧바로 부탁에 응했을까? 앞뒤를 헤아리지 않고 오로지 고통받는 불쌍한 영혼만을 생각한 예수님은 거라사 지역의 이방인들을 강 건너 불 보듯 구경만 할 수 없었기에 제자들에게 던진 말이었지만, 이심전심으로 예수님의 따뜻한 마음이 그들에게 전해졌던 것이다.

제자들은 온종일 피곤한 사역을 마치고 해가 저물어가므로 "한적한 곳에 가서 쉬자."라는 말을 기대했을 텐데 "갈릴리 호수 건너편으로 가자."라는 예수님의 말에 어느 누구도 싫다는 내색도 하지 않고, 왜 밝은 낮을 두고 굳이 어두운 밤길을 가야 하느냐고 따져 묻지도 않았다. 설령 위험을 무릅쓰고 따른다고 해서 예수님에게 흐뭇하고 자랑스러운 일도 아닐 텐데 험한 밤길을 따라나서는 제자들을 보면서, 예수님은 어떤 생각을 했을까? 대견스럽게 생각을 했을까?

예수님이 들려준 음성에는 진실 어린 애정이 녹아 있었기 때문에 제자들은 그의 말에 일언반구도 없이 묵묵히 따라나섰다.

밤바다를 건너야 하는 제자들은 아마도 그 이유가 자신들에게 있는 것 아니라 건너편 거라사인에게, 고통을 받는 영혼에게 있음을 갈릴리 호수 건너편 거라사에 가보고서야 비로소 알게 되었을 것이다. 고통받는 불쌍한 영혼들을 얼마나 사랑하였는지 그들을 만나보고서야 예수님의 절실한 마음을 이해했을 것이다.

나는 묵상 중에 위태로울 수 있는 상황에서 예수님의 부탁에 묵묵부답으로 따라나서는 제자들처럼 사순절을 기해 예수님의 말이 떨어지기 무섭게 사명으로 깨닫고 순종하는 삶이 되길 간절히 바란다.

✤

나는 오늘 멀리 떨어져 믿음 없이 살고 있는 나의 피붙이 형제들이 어떻게 살고 있는지 삶을 빤히 보면서 그들을 진정으로 생각하지 않고, 지금까지 나만의 안위와 편안함만을 추구하고, 그들의 고통을 예삿일로 여기며 살아왔다는 생각에 문득 마음이 아팠다.

나는 '호수 건너편'의 거라사와 같은 지역에 사는 형제를 만나러 어두운 새벽을 뚫고 가고자 하는 마음이 불길같이 치솟는 것을 억누를 수 없었다.

"호수 건너편으로 가자."라는 예수님의 말이 새삼스럽게 느껴졌다. 일찍이 그 말의 의미를 깨닫지 못하고, 내 가족과 지근에 있는 이웃만을 사랑하고 아끼는 마음으로 형식적인 삶의 진실 게임을 즐기며 살아온 나는, 가련하고 애타게 거라사인과 같이 사는 형제들이 불현듯 생각에서 떠나지 않았다. 지금까지 산 넘고 강 건너 저편 남도 지역으로 칠흑같이 어두운 새벽을 뚫고 달려갈 생각을 평소에 하지 못하고 있었으니, 마음이 참으로 침통하고 가슴 아팠다.

나는 용기를 내어 피붙이가 거라사인으로 살고 있는 경상도 지역으로 한시라도 빨리 찾아가 한 번만이라도 형제들의 마음을 위로하고 아픔을 어루만져 주고, 하나님의 사랑을 보여주고 싶었다. 나는 곧장 그들의 삶을 직접 확인하고 싶어서 조바심이 났지만, 새벽녘 어두운 밤을 뚫고 예수님처럼 단걸음에 달려갈 수는 없었다. 건강이 허약한 탓으로 위험이 불 보듯 뻔한 나는 오늘내일로 미룰 수밖에 없었다. 그러나 나는 언젠가 여건이 뒷받침되면 반드시 그들이 사는 곳으로 달려가리라 마음먹고, "호수 건너편으로 가자."라는 예수님의 말을 곱씹었다.

나는 건강이 회복되었을 즈음 어려움을 이겨내고 새벽녘에 경상도 지역 경주를 지나 포항 근처에 이르렀다. 그러나 생각과 정신이 혼미하여 생각처럼 쉽게 부모님이 계시는 양산 천불사 납골당에도, 형제가 사는 경주도, 포항도, 부산에도 이르지 못하고 한참이나 고속도로 주변을 맴돌다가 동천이 밝을 즈음 왔던 길로 되돌아 내가 사는 춘천으로 발길을 옮겨야 했다. 나의 마음은 참으로 무겁고 아쉽고 아프고 걷잡을 수 없이 침통했지만, 출발지인 춘천으로 12시간이나 걸려 오후 늦게 돌아와야 했다.

나는 부모 형제들이 살고 있는 지역을 지나 돌아올 때의 마음은 이루 말할 수 없이 아팠으나 올 한해가 다 가기 전에 반드시 한 번 다시 찾으리라는 마음을 위로로 삼았다.

처음 떠날 때, 아내에게는 미안한 마음에 다시는 이곳에 오지 않겠다고 언질을 주었지만, 생전에 나의 부모 형제가 거라사와 같은 지역에서 아직도 숨을 쉬고 있는 곳을 달리 외면하거나 체념할 수가 없었다. 그들이 살고 있는 곳은 나의 생명과 애정이 넘치는 삶의 고향이기 때문이었다.

그들의 생활과 삶이 있는 곳을 기억에 떠올리며, 나는 부모 형제의 사랑이 느껴지는 갈릴리 호수 건너편 거라사 같은 곳을 조만간 다시 찾으리라 다짐하였다.

다만 나는 TV에서 산소를 찾아 참배하는 어느 가족을 보면서 내 마음을 그곳에 얹어 생전에 다하지 못한 그리움과 사랑을 부모에게 함께 분향재배하고 아픔과 서러움의 눈시울을 붉히고 속마음을 죄다 털어놓았다. 시난날 나의 어리석고 부족함에 대해 용서를 빌고, 그동안 못다 한 사랑을 서러움과 그리움으로 묶어 전하였다.

강도를 만난 참 이웃
– Ha 권사님

 누가 강도를 만난 자의 참 이웃인가?

사순절 새벽 예배를 드리러 갈 때 나는 계단에서 발을 헛디디어 계단 턱에 걸려서 앞으로 엎어져 얼굴이 계단 바닥에 부딪고, 발목이 접질리어 성경책도 바닥에 내동댕이치며 앞으로 쓰러졌다. 정강마루가 계단모서리에 부딪혀 골절된 것처럼 걸을 수 없을 정도로 통증이 느껴졌다. 이런 일을 이미 한 번 경험한 적이 있었던 나는 누가 혹시라도 봤을까 봐 창피해서 층계에서 절뚝거리며 다리를 문지르고 아무렇지 않다는 듯이 일어났다.

이 순간을 놓치지 않고 내 모습을 본 어떤 성도는 모른 척 힐끗 돌아보고 지나갔고, 멀리 교회당 입구에서 안내하던 성도는 어디 다친 데가 없느냐고 먼발치에서 말로 위로했다. 그러나 내 뒤에 쫓아오던 Ha 권사님은 괜찮으냐고 물으며, 친절하게 나의 몸을 부축하여 일으켜 세우고, 무릎을 털어주며 예배의 자리까지 데려다주었다. 이때 나는 문득 성경 속에서 강도를 만난 사마리아인이 떠올랐다.

"이 셋 중에서 나의 이웃은 누구인가?"라는 예수님의 질문과 더불어 오늘 나의 진정한 이웃을 생각하게 되었다. 이웃은 다름이 아니라 사랑으로 대하고 헌신하며 고통을 함께 나누는 사람이었다.

내가 어려움에 처한 사람들을 만나거나 고통받는 이웃에게 초대되었을 때, 과연 내가 해야 할 역할이 무엇인지 뒤돌아보았다. 처음에는 오로지 먼발치에서 이웃으로 초청된 것만으로 만족하는 것이 나의 최선의 몫이려니 생각했다. 하지만 당장 어려움을 당한 상황에서 진정한 이웃은 오롯이 곁에서 지켜보고 서서 가엾게 여기고, 아프지 않으냐는 말로 위로하는 정도로 사랑을 표현하면 됐지 않나 싶었다. 그러나 상처 부위를 손으로 감싸고 일으켜 세워 아픈 다리를 문지르며 치유의 말을 건네고, 안전하게 예배 자리로 안내해야만 되는 것까지 구체적으로 생각지 못했다. 내가 실제로 강도 만난 진정한 참 이웃은 그가 할 수 있는 마음과 행동뿐 아니라 최선을 다하는 것이었다. 곧 자신을 비우고 낮추어 시간과 재물까지 희생하면서 최선을 다한 사마리아인이 강도를 만난 참 이웃이라면, Ha 권사님이 사마리아인에 버금가는 나의 참 이웃이 아니었을까

예수님이 "누가 우리의 진정한 이웃인가?"에 대한 가르침에 비유로 등장시킨 인물, 사마리아인은 사회적 인습을 뛰어넘어 강도 만난 자에게 최선을 다하고 친절과 사랑으로 자신의 모든 것을 베풂으로써 진정성을 확인시켜주는 것이었다.

'선한⑺ 사마리아인'은 자비와 친절의 대명사이자, 이해득실의 관계를 따지지 않고, 상대방의 필요에 따라 활동하는 자선가(慈善家)의 모습이었다. 곧 우리에게 진정한 이웃은 평소에 남들로부터 소외될지라도 강도 만난 자에게 사랑과 자비를 베푼 '사마리아인'이었다.

이처럼 진정한 이웃은 우리가 마치 '사랑할 자격이나 있는 자'로 자처하여 도와주거나 스스로 지체가 높은 척하여 '은혜를 베푸는 자'가 아니라 조건 없이 사랑하고 도와주는 자이다. 이것은 우리가 '의

로워지고자'하는 자선이 아닌 '은혜 입은 자'로서의 모습이다.

"누가 강도 만난 자의 이웃이냐?"라고 물으신 예수께서는 이미 지혜 있는 자에게는 숨기고, 도움을 절실히 필요로 하는 연약한 어린 아이에게 깨우침을 주는 말로 들려주었다.

강도 만난 이웃은 주위의 도움이 필요한 이웃을 사랑하고, 선행을 베풂으로 덕과 의를 쌓고, 영생을 불붙이는 부싯돌과 같다고, 곧 이는 자기 목숨까지 버린 예수님의 사랑을 깨달은 자라고….

요즈음 사람들은 사랑을 해 보지 않고는 자신을 사랑할 수 없고, 사랑을 받아보지 못한 사람은 결코 다른 이를 사랑할 수 없다고 한다. 사랑의 세상 원리는 마치 사랑의 주고받음에서 부족하면 채워지고, 채워지면 넘치는 그릇과도 같다.

세상 사람들은 자신의 말 한마디에 많은 의미를 농축시켜 어렵게 표현하지만, 진정한 이웃은 누구나 이해하기 쉽게 풀어낸 사랑의 말로 주고받는다. 강도를 만난 이웃은 말에 겉치레하지 않고, 마음에 있는 그대로 자연스럽게 표현한다. 생각건대 그럴듯한 말로 표정을 바꾸거나 진지하고 근엄한 모습으로 진정성을 인정받으려는 자세는 강도 만난 이웃의 진실한 말투나 모습으로 인식되지 않는다.

우리가 진정한 이웃으로 산다는 것은 의로워지려는 노력으로 선행을 추구하기보다, 진실로 나의 상처를 드러내고 가면과 교만 뒤에 나를 더 이상 숨기지 않고, 허심탄회하게 대하는 것이다. 그리고 넓고 깊게 사랑을 나누고 내가 얼마나 귀하고 사랑스러운 존재인지, 사랑이 얼마나 크고 위대한지 경험하고 은혜를 깨닫는 것이다.

사람은 영과 육으로 지음을 받았다. 그리고 존재의 목적은 살아계신 하나님을 노래하고 그의 삶을 깊이 체험하는 것이다. 때문에 그 안에서 진실하고 거룩한 사랑의 현으로 삶을 연주하고 노래할 때 아름답고 성스러운 멜로디가 되어 하나님의 기쁨이 되는 것이다.

❧

나는 오늘 오후에 강도 만난 자의 진정한 이웃을 TV를 통해 눈앞에서 생생하게 만났다.

한 젊은 여인이 출근 시간에 노인을 휠체어에 태우고 횡단보도를 건너려 할 때 휠체어의 작은 앞바퀴가 갓돌과 인도의 틈 사이에 끼어 꼼짝도 하지 못하고 횡단보도 앞에 걸려 섰다. 이때 횡단보도 신호등이 바뀌자 보행자들이 앞다투어 길을 건너기 시작했다. 그러나 휠체어를 뒤에서 밀던 젊은 여성은 갓돌을 넘지 못한 채 횡단보도에서 앞뒤로 움직여 보고 더 이상 진척이 없자 그 자리에 서 있어야 했다.

지나는 행인들은 대부분 출근 시간에 늦지 않으려고 바쁜 걸음으로 지나쳤고, 어떤 이는 휠체어에 다가가서 빼보려 했지만 혼자서는 허사임을 알자 바삐 자기 갈 길로 갔다. 결국, 신호등이 다시 바뀔 때까지 휠체어는 그 자리에 서 있을 수밖에 없었다. 이 장면을 보고 뒤에서 신호등이 바뀌기 기다리고 서 있던 젊은 운전자가 차량 밖으로 뛰어나와 온 힘을 다해 겨우 앞바퀴를 갓돌 너머로 밀어 올려놓고 다시 자기 차량으로 재빨리 돌아가서 자기 갈 길을 갔다. 그러자 휠체어로 막혔던 횡단보도가 트이고 차량의 흐름이 거침없게 되었다.

출근 시간에 늦지 않으려고 지나친 사람, 한번 다가가서 밀어보고 지나간 사람, 차에서 내려 휠체어를 갓돌 너머로 끝까지 밀어주고 자리를 떠난 운전자 중에서 강도를 만난 자의 진정한 이웃은 두말할 것도 없이 이해관계에 연연하지 않고 자신을 헌신한 세 번째 운전자임이 틀림없다.

이처럼 진정한 이웃은 자신이 가진 힘을 보태고 시간을 희생하면서까지 어려움에 처한 자를 도와주는 사람이었다. 차에서 내려 휠체어를 갓돌 너머로 밀어주는 자비를 베푼 자의 모습에서 나는 강도 만난 참 이웃인 사마리아인의 모습을 찾아볼 수 있었다.

진정한 이웃은 자신의 출근 시간과 그로 인한 불이익까지 감수하면서 남의 어려움을 끝까지 도와주고 배려하는 사람이었다. 아마도 휠체어를 밀던 젊은 여성은 그의 도움에 진심으로 감사했을 것이다. 세상의 아름다운 사랑과 온정을 느끼며….

진정한 이웃
'너와 나'

진정한 이웃은 오늘날 이 땅에서 고통받는 사회적 약자인 이웃에 관심을 쏟는 자이다. 그러기 위해서는 사랑하는 마음뿐만 아니라 가진 재물과 시간까지도 아끼지 않고 헌신하는 사람이야말로 참된 이웃이지 싶다.

성경에 따르면 '이웃'이란 고통을 받는 이를 보고도 피하여 지나친 레위인이나 제사장이거나 이를 불쌍히 여겨 상처를 싸매고 주막에 데리고 가서 돌본 사마리아인일 것이다. 이들을 두고 예수님은 제자들에게 묻기를 이 셋 중에 누가 이웃에게 자비를 베푼 사람이냐고 묻자 제자들은 세 번째 사마리아인이 강도를 만나 자비를 베푼 자로 참 이웃이라 했다.

그러자 예수님은 "가서 '너도' 이와 같이 하라."라고 했다. 즉 '너도' 가서 이와 똑같이 행하라고 하였고, 또 예수가 제자들의 발을 씻기며 "내가 너희 발을 씻었으니 '너희도' 서로 발을 씻어 주는 것이 옳다."라고 하였다

여기서 곧 '너도', '너희도'라 함은 2인칭으로 네가 생각하는 것과 똑같이 하라고 하였다. '너도' 같은 마음으로 행하라는 말은 곧 그와 일체가 되라는 말이다.

예수님은 말하기를 "나를 믿는 자는 나를 믿는 것이 아니요, 나를

보내신 이를 믿는 것이며, 나를 보는 자는 나를 보내신 이를 보는 것이니라." 했으니 나와 하나님은 하나의 나이고, "나는 빛이니 나를 믿으면 어둠에 거하지 않는다." 함과 같이 나는 곧 하나님을 믿음으로 어둠이 없는 하나의 빛이 되게 한다 하였다.

마틴 부버는 말하기를 "1인칭과 2인칭의 관계는 인격적 관계요, 1인칭과 3인칭의 관계는 비인격적 관계이다."라고 했다. 즉, 너로 불리던 사람이 '그'로 불리게 된다는 것은 결국 3자가 된다는 의미이다. 이어 부버는 사람에게는 언제나 자신을 그대로 투사(透寫)할 절대적 2인칭인 '너'가 필요하다고 했다. 말하자면 결코 다른 것과 비교가 되지 않는 '절대적 타자(他者)'가 필요한데, 그것은 곧 '너' 자신이라고 했다.

그런 의미에서 2인칭 '너'는 절대자인 하나님을 두고 하는 말이다. 왜냐하면, 복음이란 하나님을 통한 인격적인 만남의 관계, 이웃을 통한 인격적인 만남의 관계를 회복하는 것이기 때문이다.

나는 지난 수필집에서 '너와 나'는 부버의 생각과 일치함을 발견한다.

세상은 '나' 중심으로 '너'로 있는 게 아니라, '너' 중심으로 '나'로 있는 것이다. 내가 우주만물의 주체가 아니라 네가 주체이고, '나'는 '네' 안에 들어 있는 유기체일 뿐이다. 내가 있은즉 네가 있는 것이 아니라, 네가 있으므로 내가 존재하는 것이 바로 너와 나와의 관계에서 부버의 생각과 같다 할 수 있다. 내가 아닌 너는 곧 하나님을 일컫는다.

하나님 이외에는 절대자가 있을 수 없듯이 세상의 약자인 어둠은 빛을 가릴 수 없고, 빛 또한 세상의 약자인 어둠을 완전히 삼킬 수 없다. 빛과 어둠의 관계를 연결시키는 것은 사랑이다. 때문에 세상의 상대적 고리인 빛과 어둠의 관계를 유지하기 위해서는 자신을 지키고, 사회적 약자인 어둠을 품고 감싸고 안아야 한다. 사랑은 빛이자 변치 않는 믿음의 본질이다. 믿음은 누군가를 전적으로 의지하고 사랑하는 마음의 표상이다.

나는 사순절을 지내면서 하나님을 통하여 세상에 실밥 나부랭이처럼 잡다하게 달려 있는 생각들의 터진 솔기를 뜯고 꿰매고 깨끗하게 가위질한다. 나는 사회적 약자로 강도 만난 자의 이웃이 누구인지 묵상하며, 그의 모습을 찾아 자비를 베풀고 배려하고자 한다. 이것이 나에게 맡겨진 소명이기 때문이다.

사회적 약자는 통속적으로 곧 어둠의 위치에 있는 장애인, 재소자, 이주민처럼 사회적 돌봄이 필요한 취약계층과 저소득층을 포함한 소수자이다. 알고 보면 강도 만난 자의 참 이웃은 곧 사마리아인과 같이 사회적으로 소외된 약자이다. 때문에 자신의 삶을 바로 세움으로 세상을 이기도록 끊임없이 스스로 강도 만난 자의 진정한 이웃, 사회적 약자의 이웃이 되어야 한다.

그러나 사회는 그렇게 만만하지 않다. 너는 너고, 나는 나로 존립하고 인정받기 원한다. 그래서 악행이 벌어지고, 분쟁이 일어나고, 분개가 끊이지 않고, 시기와 질투가 일상화되어 너는 어떻게 되든 나와 하나가 되어야 하고, 나는 너로 있기를 원하지 않는다. 모든 문제의 발단은 너는 나와 동일한 위치에서 바라보지 않고 너는 나를 위한 대상으로 취급되어야 한다.

살기 위한 수단이라고 하지만 남에게 상처를 주고, 빼앗고, 오명을 남기는 잘못을 저지르고도 잘했다고 자찬하고, 흐뭇해하지만 결코 발을 뻗고 잠자리에 누워 잘 수 없고, 반드시 죄과는 자신에게 돌아오게 되어 있다. 이런 유의 인간이 판을 치는 사회가 정상적이고 일상이라면 얼마나 피곤하고 절망적이고 실망이 될까?

이럴수록 세상은 둘이 아니라 진정한 이웃으로 너와 내가 하나가 되어야 하는데 어떻게 해야 너와 내가 하나로 공존할 수 있을까?

무엇보다 자신을 비우고 절제하고 이해하는 면모, 즉 사랑을 갖춘다면 하나가 될 수 있지 않을까? 하기야 자기가 자신도 모르는데, 남이 어찌 자기를 알아주고 존중하고 든든한 믿음의 기둥으로 의지하게 되랴마는 편만해 있는 세상 풍조는 누구든 남이 못되면 좋아라 하고, 잘되면 시기하고, 못 본척하는 것이 인간의 뿌리 깊은 근성이다.

다만 너와 내가 우여곡절 끝에 하나가 되면 그때야 겨우 화해의 제스처를 취하고 악수를 하는 것이 인간의 약한 모습인 것처럼 세상은 이기적이고 자기중심적이다. 오직 서로 존중하고 배려하고 사랑하여 하나가 될 때 진정한 이웃으로 동행할 수 있을 것이다.

때문에 언제나 자신을 투사(透寫)할 절대적 2인칭은 바로 빛이 되고 생명이 되신 하나님이고 예수님임을 깨닫고 '너와 나'는 믿음과 사랑으로 하나가 되도록 해야 할 것이다.

만능의 치료자
예수

예수님이 인간이기 전에 하나님의 모습으로 세상에 오셨고, 하나님은 인간을 참으로 사랑하였기에 독생자 예수님을 세상에 보내어 모든 인간의 병고를 짊어지고 세상을 이기게 하였다.

세상을 창조하신 하나님만이 우리 몸의 성질이나 마음의 바탕인 체질을 온전히 알기 때문에 질병으로 인한 고통에 대해 안팎으로 다 알 수 있는 만능의 치료자가 된다. 곧 그는 우리 인간의 병이나 상처를 낫게 하는 치료자일 뿐 아니라, 따뜻한 마음이나 행동으로 괴로움을 덜어주거나 슬픔을 달래주는 위로자가 된다.

그렇다면 우리 인간은 어떠한가? 우리는 흙과 먼지처럼 흩날리는 '진토'의 속성을 가지고 그때그때 변화하는 삶을 살기 때문에 만능의 치료자, 곧 육신의 치료와 마음까지 치유하지 못한다. 만능의 치료자는 육신의 아픔과 슬픔을 공유할 뿐만 아니라 깊은 연민으로 불쌍히 여기어 상대방의 형편과 처지를 인간의 성품으로 이해하기 때문이다.

따라서 진정한 만능의 치료자가 되려면 병고에 대해 회피하거나 거절하거나 변명하지 않고, 상대방을 인정하고 긍휼히 여기며, 그의 아픔과 슬픔을 품고 배려하는 마음이 필요하다. 하지만 나는 사람의 성품으로 '흙과 먼지'와 같이 바람에 쉽게 날리고 부서지기 쉬운 속성을 가지고 있으므로 진정한 만능의 치료자는 될 수 없다.

사사건건 궁지에 몰리면 한순간을 모면하려고 이유를 달고, 상대의 잘못을 찾아 자신의 합당하고 정당함을 주장하고 나서서 죄과를 전적으로 남의 탓으로 돌리고, 가증스러운 자신의 속내를 숨기려는 상황에서 결코 완전한 육신의 치료와 마음의 위로란 있을 수 없기 때문이다.

나는 겉으로는 그럴듯한 육신의 치료자요, 보기에 그럴싸한 위로자가 될 수는 있을지언정 진정한 마음과 영혼의 따뜻한 치료자이거나 괴로움을 덜어주고 고통을 격려하고 안아주는 위로자는 아니다.

하나님이 정말 우리를 진실로 사랑하고 용서하고 긍휼히 여기지 않았다면 나만으로는 결코 어떤 상황에서도 마음의 위로를 받고 육신의 치료를 얻을 수 없다. 왜냐하면, 우리는 쉽게 격분하여 혈기를 부리고, 마음속에서 격렬히 다투는 진부한 속성에서 벗어나지 못하고 세상의 비바람에 흔들리기 쉬운 존재이기 때문이다.

오늘도 세상은 작은 것으로부터 큰 것에 이르기까지 서로 부딪고, 부서지고, 깎이는 여파로 고통스러워 한다. 그 가운데 하나님이 전적으로 지켜주심에 의지하지 못하고, 무기력하게 고통당하는 가여운 인생임을 볼 때 나는 세상의 혼탁하고 거침이 되는 방해물을 내 힘으로 뛰어넘으려고 타고난 성품으로 전력 질주한다.

하지만 오직 예수님은 내 영혼을 구하기 위해 사랑으로 이 땅에 재림하였고, 진실로 영육 간에 내 인생의 완전한 치료자이자 위로자인 만능의 치료자임을 믿을 때 고통과 죽음으로부터 부활의 새 생명을 얻을 수 있다.

질고를 아는
예수

우리는 사순절 묵상의 화두는 메시아에 대한 이사야 선지자의 예언에서 벗어날 수 없다.

"메시아는 연한 싹 같고, 마른 땅에서 나온 줄기 같아서 우리가 보기에 흠모할 만한 것이 없어서 멸시를 받고 사람에게 버린 바 되었으며…"라고 함과 같이 메시아, 곧 예수님은 실로 우리의 병고를 지고, 징벌을 받아서 하나님에게 채찍을 맞으며 고난을 당한 자로 '질고를 아는 자'이다.

그렇다면 질고를 안다는 것은 어떤 의미일까?

중병의 고통에 대해서 환자와 의사 중에 누가 그 아픔에 대해서 더 잘 알까? 예수님이 질고를 안다고 한 것은 의사가 아는 질환이 어떤 것인지 안다는 것일까, 아니면 환자가 병으로 당하는 고통, 즉 병고를 안다는 걸까? 질고를 안다 함은 질병의 원인과 그의 고통 둘 다 안다는 것을 뜻한다.

근본적인 질병의 원인에 대해서는 의료자인 의사가 더 알고 있겠지만, 병으로 인해 겪는 고통은 환자가 처한 상태에 따라 고통의 깊이와 넓이를 더 잘 알 것이다.

예수님은 인간의 몸으로 태어났기 때문에 통틀어 사생애와 공생애 33년을 보내는 동안 사사로운 병고를 많이 겪었다. 육신으로 우리와 똑같은 육체적 질환의 병치레를 했을 것이기 때문이다. 병세의 차이는 알 수 없지만, 질환을 안다는 의미는 실제로 병에 대한 것뿐만 아니라 병으로 겪는 모든 고통까지도 아는 것에 가깝다.

그렇다면 의사와 환자 중에 누가 질환에 대해서 가장 잘 알까? 아무래도 의사는 의학적으로 질환을, 환자는 육체적인 병고를 통하여 잘 알 것이다. 환자는 병고를 통해서 실상을 알 수 있으나, 질환과 병고 두 가지를 한꺼번에 겪어본 의사라야 듣고 아는 것보다 질고의 실체를 통해 훨씬 더 잘 알 것이다. 예수님이 우리에게 완전한 치료자가 되는 이유가 바로 여기에 있다. 예수님은 인간으로 이 세상에 오셔서 인간의 모든 병고를 친히 치레하고, 의사로서 환자의 질환 상태를 모두 알기 때문이다.

우리 인생은 모태에서 태어났기에 우리의 체질을 가장 잘 알고, 예수님 또한 우리와 함께 질환과 병고를 나누었기 때문에 질고의 완전한 치료자가 될 수 있다. 병고를 우리 대신 치른 그를 통하여 우리가 나음을 입었듯이 그의 고통을 통하여 가까이 다가갈 때 치유와 위로를 얻을 수 있다. 즉, 예수님은 환자 편에서, 동시에 의사 편에서 병을 다스려 낫게 하는 치료자이고, 곧 위로자가 된다. 그러나 인간은 자기 측에서만 병고를 생각한다. 이로부터 환자는 고통에서 벗어나려고 치료자를 찾고, 의사는 의료자의 입장에서 환자를 위로하고 치유한다. 때문에 예수님은 나와 의사의 입장에서 육체적으로 영적으로 질고의 완전한 치료자이다. 그러나 나는 언제나 현실에서 일방적으로 나 중심으로 생각하고 판단하고 치료받기 바라는 얼치기이다. 곧 영육 간의 질환과 병고를 알고 치료하는 예수님은 사랑과 믿음에서 찾아진다. 때문에 내 질고를 이겨내기 위해서는 실체도 실효도 없는 막연한 기대가 아니라, 현실에서 사랑과 믿음의 완전한 치료자인 예수님을 찾고 만나는 것이다. 그러나 완전히 육체적이고 영적인 질환과 병고를 동시에 안다는 것은 인간의 한계이다.

예수와 함께 고난을 겪은 사람들

가끔 나는 누군가가 나의 잘못을 대신해서 죄를 덮어쓰고, 처벌을 받을 때, 나는 실로 나의 죄악과 허물은 깨닫지 못하고, 그가 마땅히 처벌받아야 할 것으로만 여겼다.

또한, 내가 평안을 누리고 고통으로부터 고침을 받을 때에도 누군가가 나를 대신하여 받아야 할 벌을 받고, 채찍질을 당하고, 병고에 시달리고, 슬픔과 고난을 겪어서 얻어진 당연한 결과로만 생각했다. 그래서 나는 누군가가 당하는 고난과 질고는 마땅히 그의 죄과로 받아야 할 형벌이었고, 그에 상응하는 마땅한 징벌이려니 여겼다.

그러나 생각해 보면 그는 어떤 상황에서도 벌을 받을 만한 상황이 아니었음에도 억울하다고 토로하지 않고, 온갖 곤욕과 고통을 참고 견디면서 도살장에 끌려가는 가축처럼 고개를 숙이고 침묵하였으며, 쓸쓸히 아픔과 고독을 혼자 씹어야 했다. 그 모습은 마치 세상에서 차마 볼 수 없는 가련한 인간상이고, 죄 없이 십자가에서 못 박혀 죽으신 예수님의 거룩한 형상이었다. 나는 사순절에 고통을 받는 자와 치유하는 자의 마음으로 이웃을 긍휼히 여기고 예수님의 마음을 심어 줌에 감사한다.

예수님과 함께 특별한 고난을 겪은 사람들은

1) 값비싼 향유 병을 깨트리고 예수님께 향유를 뿌린 나사로 누이

마리아, 2) 골고다 언덕에서 십자가를 예수님 대신 진 구레네 시몬, 3) 예수님의 장례준비를 한 아리마대 요셉, 4) 예수님과 함께 십자가 우편에 매달린 강도, 5) 예수님 어머니 마리아와 체휼의 예수님 자신이었다.

1) 나사로 누이 마리아

예수님의 친구 나사로의 누이 마리아는 어려서부터 예수님과 가깝게 지내던 사람이었다. 마리아가 예수님의 발에 향유를 붓고 머리카락으로 발을 닦은 것은 누구도 예측하지 못한 예수님의 죽음을 예비하는 아주 값지고 귀한 일이었다. 이러한 모습을 보고 예수님은 말씀하기를

"이 여자가 내 몸에 이 향유를 부은 것은 내 장사를 위함이니라. 내가 진실로 너희에게 이르노니 온 천하 어디서든지 이 복음이 전파되는 곳에는 이 여자의 행한 일도 전하여 저를 기념케 하라 하였다. (마26:12)" 예수님은 여러 차례 죽음과 부활을 예고하였지만, 제자들은 직접 체감하기 전에는 아무도 알지 못했다. 하지만 마리아는 예수님의 말을 마음에 두었고, 값비싼 옥합을 아낌없이 깨뜨렸던 것이다.

당시에 향유도 귀하지만 향유 병도 귀한 시절이었다. 단 한 방울도 예수님 이외의 다른 사람을 위해 사용하지 않고 예수님께 온전히 바치기 위해서 값비싼 옥합까지 깨트렸던 것이다.

당시에 발을 닦아주는 행위는 노비나 하는 일로 마리아는 자신을 주님 발 앞에 노비의 신분으로 낮추었다. 당시에 발을 닦는 도구는 해면이었지만, 그녀는 자신의 머리카락으로 예수님의 발을 손수 닦았

다. 자신의 신체에서 가장 소중한 머리로 예수님의 발을 눈물로 닦는 행위는 자신을 낮추고 예수님을 높이기 위함이었다. 눈물로 발을 닦는 일은 애초 계획했던 일이 아니었으나 마리아가 발을 닦는 중에 알 수 없는 슬픔에 북받쳐 흐르는 눈물을 참을 수 없어서 발등 위에 쏟아 낸 눈물로 보아 예수님에 대한 그의 진정성을 알 수 있었다.

복음서를 통틀어 볼 때 예수님이 누군가로부터 개인적으로 대접받고 봉사를 받은 이야기는 이 사건 외에는 어디서도 찾아볼 수 없다. 예수님의 마음을 훈훈하게 데운 이 사건은 며칠 뒤에 예수님이 십자가의 고난을 당하는 중에 다소나마 위로가 되었을 것이다.

사순절 동안 예수님의 고난에 첫 동행자였던 마리아처럼 주님의 발 앞에 엎디어 우리의 귀한 마음을 쏟아 놓으면 어떨까?

2) 십자가를 진 구레네 시몬

예수님께서는 십자가를 지고 골고다에 오르다가 세 번이나 쓰러졌다. 기력이 소진되어 더 이상 십자가를 질 수 없게 되자, 로마 군인이 곁에 있던 구레네 시몬에게 강제로 십자가를 지게 했다. 쓰러진 채로 말할 기력조차 없었던 예수님은 가까스로 고개를 돌려 구레네 시몬을 바라보고 시몬에게 말할 수 없는 고마움을 표했을 것이다. 그 순간 그의 도움이 예수님에게 얼마나 위로가 되었을까?

이 세상 누구도 예수님의 십자가를 같이 진 사람은 구레네 시몬밖에 없었다. 이 일은 예수님의 제자들조차도 하지 못하고 가족들도 하지 못한 일이었다. 그것은 특별한 주님의 은총이었다. 수많은 사람이 주의 일을 하고 그리스도의 고난에 참여하고자 원했지만, 간접적으로 형식적으로 참여했을 뿐, 오직 구레네 시몬만은 직접 그리스도의 고난의 십자가를 대신 짊어졌던 것이다.

"내가 이제 너희를 위하여 받는 괴로움을 기뻐하고 그리스도의 남은 고난을 그의 몸 된 교회를 위하여 내 육체에 채우노라. (골1:24)"라고 말했던 사도 바울의 고백은 아마도 구레네 시몬을 마음에 두고 고백했던 것이 아니었나 싶다. 그렇지 않고서는 '그리스도의 남은 고난'이라는 표현이 나올 수 없기 때문이다. 어쩌면 사도 바울이 가장 부러워했던 사람이 구레네 시몬이었을지도 모른다.

몸을 가누기조차 힘들었던 예수님은 십자가에 몸을 의지했고, 시몬은 예수님의 몸무게까지 얹어서 무거워진 십자가를 져야 했다. 그래도 예루살렘 성전에 입성할 때 어린 나귀처럼 시몬은 묵묵히 예수님을 대신하여 십자가를 졌고, 언덕을 함께 오르던 예수님은 시몬의 이마에서 흐르는 땀과 그의 눈물을 보았고, 로마 병정에게 채찍을 맞는 모습도 보았다.

예수님은 우리를 대신해서 십자가를 졌지만, 시몬은 예수님을 대신해서 직접 십자가를 졌다. 그리스도의 고난에 가장 가까이 동행한 시몬이야말로 가장 큰 은총을 받은 사람임이 틀림없다.

몸소 행함에서 예수님은 그의 진심을 인정하였다. 마음이나 말뿐만이 아니라 실제로 자신을 온전히 불태워 동정할 때 하나님은 그를 진정으로 가엽게 돌봐주고 측은히 여겼다. 때문에 마리아가 주님의 발 앞에 노예의 모습으로 자신마저 내려놓았던 것처럼, 사순절을 통하여 마음을 온전히 쏟아 내는 사랑으로 이웃에게 본을 보이도록 힘써야겠다.

구레네 시몬처럼 예수님의 고난에 동참할 수 있고, 필요로 할 때 언제든지 자신을 헌신할 기회를 놓치지 않는 삶을 살 수 있다면 얼마나 좋을까? 그러나 예수님의 동역자로 언제든지 동역할 준비된 자로 거듭날 기회를 스스로 깨닫고 찾는 일은 쉽지 않다. 바라건대, 예수님의 말씀에 더 친밀하고 가까이하는 가운데 그에게 순종하고 거듭나기를 바란다.

3) 장례를 준비한 아리마대 요셉

갈보리 산의 별명이 골고다 언덕으로 해골이라는 뜻으로, 그 이름의 연유는 십자가 처형 후에 대부분의 시신이 독수리의 밥이 되고 그대로 십자가 위에 방치되기 때문이다. 나중에 땅바닥에는 사형수들의 해골이 떨어져서 쌓이고 굴러다니는데, 대제사장과 바리새인들은 예수님의 시신이 사후에 그렇게 되기를 바라는 것이었다.

그런데 그 누구도 예수님의 장례를 준비한 사람이 없었다. 예수님의 시신을 수습하거나 장례에 대해 아무런 대책이 없는 상태였다. 그때 아리마대 요셉이 나섰다. 그리고 자신을 위해 마련한 새 묘실을 예수님께 내어드리고 세마포를 비롯한 장례에 필요한 도구를 모두 제공하였다. 아리마대 사람 요셉은 예수님이 십자가에 못 박혀 돌아가신 후, 당돌히 빌라도에게 가서 예수님의 시체를 달라 하였다. 왜냐하면, 그는 공의회원이요, 하나님의 나라를 기다리는 자였기 때문이다. 하지만 그가 공의회의 권한이 있고 많은 재산을 가진 부자였기 때문에 그렇게 할 수 있었던 것이 아니었다. 그는 예수님의 제자이며, 하나님의 나라를 기다리는 자이기 때문에 할 수 있었던 것이다.

그가 빌라도 총독에게 가서 당당하게 시신 인계를 요구하였는데, 그 당시 사도들이 목숨을 부지하기 위해 숨고 달아났던 것을 감안한다면 거절당하거나 그 일로 인해 당시 사회로부터 지탄을 받거나 목숨의 위협까지 감수해야 하는 상황이었다. 그러므로 요셉의 행동은 쉽게 할 수 있는 일이 아니었다. 예수님은 요셉이 행한 일들을 보기 전에 운명하셨지만, 요셉의 묘실에서 부활하였으므로 그 이후에 예수님은 당연히 알게 되었을 것이다. 그리고 요셉은 예수 그리스도의 십자가의 고난 가운데에 동행을 했던 제자로 예수님 안장된 묘실에서 주님과 함께 부활했을 것이다.

예수님의 고난에 동참한 인물 중에 요셉의 행동은 당시에 단지 용기만으로 할 수 있는 일이 아니었다. 그가 예수님의 제자이며, 하나님의 나라를 기다리는 자로 이미 하나님의 영감이, 예수님의 마음이 요셉에게 주어졌기 때문에 감히 용기를 낼 수 있었던 것이다. 한마디로 하나님으로부터 택함을 받은 자이기 때문이었다. 하나님을 향한 마음이 빌라도 총독에게까지 통하여 어려운 상황에서 예수님의 시신의 요구에도 거절당하지 않고 넘겨받을 수 있었다.
나는 모든 것을 내려놓고 오로지 주님만을 바라보고, 십자가를 품으면 어떤 걸림돌에도 넘어지지 않고 이겨낼 수 있으리라는 강한 믿음으로 고난의 사순절 마지막 주일을 보냈다.

부활절 한 주일 전 일요일에 예수가 나귀를 타고 예루살렘에 입성할 때 군중이 종려나무 가지를 흔들며 환영했던 것을 기억하며, 신실한 예수님을 맞이할 준비를 하기 위해 나 자신을 닦고 챙겨야겠다.
사순절의 말씀으로 내 믿음을 재무장케 하니 감사 또 감사하다. 십자가에 달리신 예수님의 피 흘림과 가시면류관을 쓰고 고초를 당하는 형장을 가슴에 안고 나에게도 이러한 기적이 반드시 삶 속에서 어떤 모습으로든 일어날 것으로 믿는다.

4) 십자가 우편에 달린 강도

우리는 살면서 일상 행한 일에 상응한 보응이 따르면 당연한 것이라며 고통을 이겨 낸다.

세 개의 십자가가 골고다 언덕에 세워지고 가운데에 예수님의 십자가가, 좌우로는 강도의 십자가 세워졌다. 십자가에서 처형된 두 강도는 예수님이 돌아가시는 최후의 순간에 동행했던 사람이었다. 하지만 좌편의 강도는 불행한 동행이었고, 우편의 강도는 아름다운 동행이었다. 왜냐하면, 우편에 매달린 강도는 생전에 어떤 죄를 지어 사형에 처해 졌는지는 알 수 없으나 그는 죽는 순간에 구원을 얻어 예수님과 죽음의 길을 동행한 친구가 되었다. 예수님이 견딜 수 없이 외로운 최후의 순간에 우편 십자가에 달린 강도가 곁에서,

"예수여, 당신의 나라에 임하실 때에 나를 생각하소서."

라고 함은 예수님께 적잖은 위로가 되었을 것이다.

예수님은 십자가 우편에 매달린 강도에게

"내가 진실로 네게 이르노니 오늘 네가 나와 함께 낙원에 있으리라."라고 함으로 예수님 우편에 매달린 깅도는 구원을 받았다. 이로 인해 실제로 예수님과 같이 죽는 일, 그 누구도 할 수 없었던 일을 우편 십자가에 매달린 강도는 해냈다.

예수님이 운명하시던 순간은 가장 외로운 시간이었다.

제 구시 즈음에 예수님께서 크게 소리 질러 "엘리 엘리 라마 사박다니!"라고 하였으니, 이는 곧 "나의 하나님, 나의 하나님, 어찌하여

나를 버리셨나이까?"라는 뜻이었다. 그 절규 속에는 예수님의 고독이 짙게 묻어나 있었다.

예수님을 따르던 무리와 제자 가룟 유다의 배신, 12 제자들의 외면과 도피, 심지어 하나님조차 침묵하신 것은 예수님에게는 말할 수 없는 비통함과 외로움이었다. 그러나 고난의 정점에서 예수님은 메시아의 사명을 철저하게 홀로 담당했고, 마침내 큰 소리로 "아버지여! 내 영혼을 아버지 손에 부탁합니다."라고 한 후 운명하였다.

이 순간 나는 예수님을 모두가 외면하고 하나님조차도 침묵하였다는 말을 이해하기 어려웠다. 그럴 수밖에 없었음은 다름 아니라 예수님은 곧 하나님이셨기 때문이었고, 하나님은 곧 예수님 자신이셨기 때문이었다. 그리고 곁에는 자신 이외에 아무도 없었고, 자신의 외로움을 이기지 못하여 비통한 마음으로 "엘리 엘리 라마 사박다니."라고 자신을 향해 울부짖었던 것이다.

비록 예수님을 뒤따르던 제자조차 모두가 자신을 배신했지만, 죽음 앞에서 우측 십자가에 못 박힌 강도만은 마지막까지 예수님과 함께 죽을 수 있었음은 진정 위로가 되었던 것이다.

나는 올 한해 사순절을 보내며 세상에서 외롭게 메시아의 사명을 철저하게 홀로 담당하신 예수님과 함께 우측의 강도와 같이 예수님의 위로가 되는 신실한 성도가 되길 기도한다.

5) 예수의 어머니 마리아

예수님의 어머니 마리아는 특별한 은총을 입은 사람이었다. 세상 모든 사람이 예수님을 마음으로만 영접할 수 있었으나 오직 마리아는 예수님을 태중에 모셨기 때문이다.

"천사가 일러 가로되 마리아여 무서워 말라, 네가 하나님께 은혜를 얻었느니라. ⁽눅1:30⁾"라고 했듯이, 이 특별한 은총으로 마리아는 모든 인간이 갖는 갈등과 고뇌를 이겨내야 했다. 그것은 '모성애와 그리스도의 믿음' 사이에서 겪는 아픔이었다.

예수님이 인간으로 30년을 사는 동안 마리아는 모성애로 예수님을 늘 마음으로 양육하였다. 하지만 마리아는 늘 마음속으로 예수를 품에서 떠나보낼 준비를 하고 예수님의 말씀을 심중에 새기었다.

예수님의 공생애(公生涯)가 시작되면서 마리아는 예수를 멀리서 바라보기만 하다가 언젠가 가까이 다가간 적이 있었다. 예수님이 말씀을 전할 때 사람들이 예수에게 모친과 누이가 왔다고 알리자 예수님은 말씀하였다.

"누가 내 모친이며 동생들이냐, 누구든지 하나님의 뜻대로 하는 자는 내 형제요, 자매요 모친이니라."라고 했듯이 어머니의 마음에도 자식의 마음에도 가슴 아픈 말이지만 하나님의 의를 위해 개인적인 감정과 관계를 과감하게 단절하였다.

'모성애와 그리스도의 믿음' 간에 야기되는 마리아의 갈등은 공생애 기간 3년 내내 이어졌다. 그러나 그리스도의 수난에서 마리아가 예수님 고난의 전 과정을 가장 가까이에서 지켜보았다.

예수님이 채찍을 맞으며 몸에서 떨어져 나가는 살점과 튀기는 피를 볼 때 마리아의 마음도 갈기갈기 찢어졌다. 비아돌로로사 고난의 길로 십자가를 지고 갈 때 예수의 곁을 지켜주었고, 쓰러질 때 마리아의 가슴이 무너져 내렸고, 예수님이 십자가에 못 박힐 때 마리아는 가슴에 못을 박았다.

예수께서는 자기 어머니와 사랑하는 제자 요한이 곁에 서 있는 것

을 보고 그의 어머니에게 말하기를(요19:26),

"여자여, 이 사람이 어머니의 아들입니다."라고 하고,

그 제자 사도 요한에게 "보라, 이 분이 네 어머니시다."라며 마리아가 요한의 어머니라고 말하자 요한은 마리아를 자신의 집으로 모셨다.

십자가상에서 최후의 순간에 예수님은 마리아를 보고 말했다.

"아들입니다."라고 말함으로 마리아가 예수에게 모성으로 다가오는 것을 인정하고, 요한에게 모친을 맡기고 숨을 거두었다.

최후의 순간에 마리아의 모성애는 주님에 대한 신앙에 더 이상 장애가 되지 않았다. 모성애는 하나님의 마음을 담는 사랑이었다.

세상을 구하려고 사랑하는 아들을 세상에 보낸 하나님 아버지의 따뜻하면서도 냉정한 마음, 사랑하는 아들이 외롭게 십자가에서 죽어가는 모습을 지켜봐야 하는 마리아의 마음은 가녀린 육신으로 하나님의 마음을 고스란히 담는 고통의 그릇이었다. 그러므로 마리아는 그 누구보다도 예수님의 고난에 가까이 있었다. 예수님이 운명하는 순간까지 곁에서 지켰던 어머니의 사랑에서 정말 하나님의 참 마음을 느낄 수 있었다. 특별히 마리아의 모성애가 절절하게 가슴에 전해졌다. 하나님의 사랑은 일상적인 모성애를 뛰어넘는 사랑이었기 때문이었다.

어머니의 절실한 사랑을 느끼고 안다면, 하나님이 얼마나 우리를 귀히 여기고 사랑하는지 알 수 있을 것이다. 자식의 고난 앞에서 고통스러워하는 어미의 마음이 어떠한지 나는 직접 눈으로 피부로 보고 느낄 수 있었기 때문이다.

항생제의 과다사용으로 백혈구가 생성되지 않아 외국에서 사지를 헤매는 아들을 눈앞에 두고 가슴을 조이며 아파했던 아내의 마음을

기억한다. 그녀는 한시도 눈을 떼지 않고 자식 곁에서 지켜보며 안타까워했던 모습에서 어미의 사랑이 얼마나 위대한지, 아들이 죽음을 넘어 생명을 되찾았을 때 알 수 있었다. 나의 빈자리까지 혼자 외롭게 지키며 괴로움을 오직 자식 사랑으로 이겨낸 아내의 사랑을 다시금 기억하며 참사랑이 어떤 것인지 깨닫게 되었다.

태곳적부터 면면히 이어온 위대한 어머니의 사랑을 사순절 동안 빈들 같은 인간의 마음에 느낄 수 있게 하고, 어쩌면 무의미하고 무분별하게 보냈을 사순절에 사랑의 마음과 묵상의 문을 열어 주신 하나님께 감사를 드린다.

6) 체휼의 예수

예수 그리스도는 우리 인간의 연약함을 몸으로 느끼고, 변함없이 시험을 받는 자이지만, 죄가 없으신 분이다(히4:15). 그는 고통을 동정으로 체험하는 것이 아니라 몸소 고통을 통해 느끼고 체험한 분이다. 여기서 체휼은 고통을 직접 체험하는 하나님 방식의 '동정'에 가깝다.

'체휼하다'는 "함께 수난을 당하다."라는 의미에서 동정심을 느낀다는 말과 같다. 이는 단순히 감정을 공유한다는 의미의 '동정(同情)'을 넘어 실제의 상황까지 포함한다. '애간장이 끊어질 정도'의 고통, 곧 단장(斷腸)의 고통을 함께한다는 의미이다. 즉 체휼은 불쌍히 여기는 남의 고통에 동참하여 자신도 고통스러운 상태가 되는 것을 의미한다.

동정이란 불쌍하고 가련하게 여기는 연민과 감정(感情)이 이입(移入)되는 공감(共感)으로 구별해 볼 수 있다. '연민'은 타인의 아픔을 머리로 이해하는 소위 단순한 '동정'을 뜻하는 것이라면, 감정이입(感情移入)은 타인의 아픔을 마음으로 깊이 느끼는 '공감'까지 말하는 것이다. 곧 마음만이 아니라 몸으로 직접 겪는 긍휼까지도 의미한다.

동정과 체휼의 근본적인 차이는 감정의 중심이 어디로 기울어져 있느냐에 달려 있다. 동정은 불쌍히 여기나 중심이 한 위치에 머물러 있는 것이고, '체휼'은 몸으로 겪는 쪽에 머물러 있지 않고, 상대편 쪽에 가까이 다가갈 때 가능하다. 때문에 '동정한다'는 말보다 '체휼한다'는 말이 진지하고 진솔한 사랑에 가깝다. 따라서 진솔한 사랑에 대체할 수 있는 말이 있다면 그것은 아마도 체휼이 아닐까?

예수 그리스도가 인간의 몸으로 이 땅에 오신 이유는 단순히 인간을 불쌍히 여기고 동정하기 위함이 아니라 우리의 모든 고통을 몸소 느끼고 체험하여 사랑하기 위함이다. 곧 체휼하기 위함이다.

성경 시편 103편에서 "아비가 자식을 불쌍히 여김 같이 자신을 경외하는 자를 불쌍히 여기니, 이는 그가 우리의 체질을 아시고, 우리가 진토임을 기억하심이라."라고 한 말과 같이 하나님은 우리와의 관계를 진토를 넘어서 체질로 알고 있음이다.

체질이 좀처럼 변하지 않는 몸의 특질과 같이 절대적인 인간의 본성이라면, 진토는 세상 풍파에 상대적으로 변하고 부서지기 쉬운 티끌과 흙 같은 것이란 점에서 구별된다. 체질이 하나님의 변하지 않는 동정심과 같은 속성이라면, 진토는 세상에서 씻기고 닳아서 변화되어가는 체휼에 가까운 인성이기 때문이다.

곧 사랑은 '행하는 것'으로 뜻을 펴기 때문에 체휼에 해당하고, 동정은 '마음을 주는 감성'이기 때문에 본질적으로 체질처럼 변화되지 않는 것이다. 그러나 동정심은 언제든지 외적 상황에 따라 바뀔 수 있는 것인즉, 나는 평소에 생각과 마음을 사랑으로 삭히고 간직하고 체험하고 행하는 체휼의 삶을 살고 싶다.

우리의 마음은 예수님처럼 동정과 체휼이 함께 할 때 삶이 활동력을 갖고 새로운 믿음의 통로를 만들 수 있다. 사랑은 두 가지 요소를 갖출 때 세상을 변화시키고 운명을 개척할 수 있다.

사랑과 감사의 조화

　　　　　　백세시대에 아직 나에게 살날이 많이 남아 있는데 무슨 큰 죄를 지었기에 죽느냐고 나를 측은히 여기고 안타깝게 여기겠지만, 한편으론 잘 죽었다며 박수갈채를 보내는 사람도 있을 것이다.

　그러나 생각해 보면 나는 여태껏 내 할 일을 하며, 부족함 없이 살았다고 자부하지만, 앞으로 더 살아봐야 사람들의 짐이 될 뿐, 밥상머리에 떨어진 김치 한쪽도, 밥알도 마음대로 주워 먹을 힘이 없는 노약자라면 측은하고 가엽고 애처로운 마음에 죽음이 심장을 찌른다.

　나는 삶의 쓰라린 역경을 헤치고 할 일을 다 했다지만, 돌아보면 나에게 남은 것은 여전히 노욕과 반목과 분노뿐이었다. 그래도 아쉬워하거나 후회하지 않는 것은 오직 하나님께 영적으로 감사하고 영광을 돌릴 수 있기 때문이다. 또한, 믿음으로 새 생명을 얻어 행복하고, 기쁜 시간을 보낼 것이 확실하기 때문이다. 지옥만큼이나 두려웠던 죽음의 병고를 14년 동안 겪고도 지금까지 연명하며 지낼 수 있고, 고통 속에서 절망하지 않고 나를 지키며 살 수 있었던 것은 감사하는 마음이 빚어낸 사랑이고, 하나님께 향한 영광에 있었다.

　하나님은 피투성이가 되어 꼼지락거리며 발짓하는 것을 보고 말하기를 "너는 피투성이가 되더라도 살아라, 피투성이라도 살라."라고 했듯이, 나는 어떤 상황에 처해도 생명을 포기하지 않고 끝까지 하나님이 주신 삶을 지켜나가야 한다. 비록 내 육신이 승냥이에게 물어 뜯기어 갈기갈기 찢기고, 처참하게 피투성이가 되더라도 끝까지 살아야만이 삶의 값어치를 알고 참감사를 깨닫게 되기 때문이다.

또한, 하나님이 이르기를 "너는 안심하라 두려워 말라 죽지 아니하리라." 하신 말을 철떡 같이 믿고 나의 삶을 온전히 맡기면 어떤 궁지에 몰려도 죽음을 극복하고, 두려워하지 않고 안심해도 되기 때문이다.

누구는 세상에서 영생이니 부활이니 영광이니 하며, 편하고 좋은 길을 택하고 현실을 망각한 채 그림의 떡과 같은 허상에 빠지고, 어떤 상황에서는 죽음을 피하기 위해서 하늘 무서운 줄 모르고 온갖 궤휼과 탐욕을 일삼는다. 하지만 사람들은 노약하고 병약하여 죽음이 코앞에 이르면 백세시대에 벌써 죽음의 문을 두드리느냐고 희롱을 한다. 누구나 죄의 크고 작음이나 벌 받는 것이 이르고 늦음에 관계없이 죽음의 문턱에서 돌부리에 걸려 꼬꾸라져 넘어질 수밖에 없고, 일어나서 한 발자국도 걸어갈 수 없는 비통한 인간으로 전락하여 생명을 버리게 될 것인데, 이 모든 것을 잊은 채 각자의 살아 있는 몫만을 챙기기 바쁘다.

나는 충분히 영양가 있는 시간을 가족과 이웃과 나누며 살아왔기에 실로 아쉬울 것도, 부족할 것도 없다. 하지만 때로 지인들은 나의 삶을 칭송하고, 불쌍히 여기고, 위로하며 감싸고돌 때, "앞으로 더 살아도 어차피 할 일도 없고, 크게 나에게 영광이 되지도 않을 텐데…."라며 들릴 듯 말 듯 입술소리로 죽음이란 죽어보지 않고는 더 편하고 좋은 게 없다고, 세상에 대해 아쉬움도 미안함도 고통도 없다고 얼버무린다. 시간이 지나면 어차피 모든 게 잿빛으로 변할 건데 나는 앞서 저승길로 떠난 죽음을 부러워하며, 그들의 살아 있던 때의 모습을 담담하게 그려 본다.

나는 시간이 여유로우면 한가로이 아름다운 죽음을 꿈꾸고, 생각하고, 그리워하고, 고마워한다. 그리고 부탁하듯 "하나님, 이제 됐으니 그만 나를 놓아주세요."라고 늘 마음속으로 간절히 기도한다.

이만한 나이에 가장 평안하고 행복하고 화려한 동반자가 될 수 있는 것은 죽음이기 때문이다.

나이로 백 세에서 '백'이라는 숫자는 하루를 살면서 하나씩 까먹고 남은 까칠한 팝콘이나 땅콩 껍질과 같고, 음식물 봉투에 쑤셔 넣은 잔반 찌꺼기 같고, 검게 부식된 튀김 기름 같고, 언젠가는 아무도 모르게 시궁창에 버려져 빗물에 쓸리고 땅으로 스며들어 사라져 버릴 것들이다.

기억은 살아온 세월만큼 자꾸 쌓여 가지만, 누구에게는 꿈이고, 사랑과 희망의 묘판이기도 하다. 비록 재활용할 수 없는 폐물이지만, 오늘을 위한 거울로 필요하기에 이미 피폐한 죽음을 더듬으며 더 이상 녹슬고 무딘 칼로 남지 않으려고 갈고 닦는다. 오늘은 하늘로부터 덤으로 얻은 생명의 꾸러미이다. 그래서 쓰레기로 마구 버리거나 소각장에서 태워버리거나 땅에 묻어 버릴 수 없는 소중한 자산이다.

죽음은 끊임없이 나를 향해 애원하고 소리치는 믿음의 뿌리요, 사랑의 포효요, 꿈과 소망에 대한 절규이다. 때문에 나는 세상이 끝나는 날까지 죽음을 사랑하련다. 비록 오늘만큼은 못되더라도. 내일을 위해서 필요한 오늘의 비천한 죽음을 몸소 체험하고 사선을 넘어서 세상이 마르고 닳도록 억척같이 끝까지 살아남으련다.

누구는 미련하게 자신도 지키지 못하고 "먼저 세상을 버리느냐?"라고 비난하고, "아직도 밥만 축내며 사느냐?"라고 비아냥거려도, 끝까지 자신에게 주어진 생명의 백만 분의 일 초까지라도 싹을 움트고 가꾸며 살아 있음을 보여줘야 한다. 어떻게 사는 것이 하나님이 바라는 세상이고, 나에게 지상에서 최고의 선물인지를 보여 줘야 한다.

할 수만 있다면 피 한 방울, 땀 한 방울이 다할 때까지 나로 살아야 한다. 하나님의 옷깃을 붙잡아 애원하고 어깃장을 부려서라도, 하루하루 생명을 회복하고 사랑을 실천하는 것이 하늘의 뜻이기 때문이다.

그러나 시간은 결코 내 편이 아니다. 나는 시간으로부터 처참하게 버려지고 잊힐 생각의 형적이고, 마음의 그림자일 뿐이다. 오로지 시간은 생각하고 사랑하며, 더불어 감사하고 그리워할 대상이디.

깨달음

 지혜

많이 아는 것이 곧 모든 것을 아는 것이 아니다.

세상은 허점투성이다.

완벽하다느니, 빈틈이 없다느니 해도 모든 게 오류투성이다.

값비싼 도자기 화분에 모래를 아무리 꾹꾹 눌러 다져 넣어도 물을 부으면 밑바닥으로 새듯이 세상에는 아름답고 완전하고 빈틈없고 완벽한 것은 없다.

세상은 겉에서 안을 들여다보면 투명하게 볼 수 없지만, 어디엔가 틈이 있고 어디론가 길이 있다. 바로 그 길이 인간을 바보처럼 만든다.

아무리 완벽해도, 실패를 거듭하고 새로운 것을 찾고 헛된 것을 믿는다. 그래서 오늘이 아닌 내일이 항상 존재한다. 나를 완성하기 위해서.

아마도 죽음의 그늘막에서 자신은 어떤 형태로든 완성되겠지?

 사랑

사랑은 세상에서 완전한 대칭을 이루는 구조이다. 하나님은 인간의 완전한 대칭, 찌그러지지 않고 완벽한 구조를 갖춘 원이다. 여기에는 아름다움, 그리움, 슬픔, 기쁨, 기다림, 아쉬움이 섞여 있다.

물론 예외 없이 고통도 있다. 하지만 세상의 모든 감정과 느낌이 조화를 이루는 것은, 곧 사랑이다. 사랑은 순수하고 거짓이 없으며, 감동을 주는 귀하고 아름다운 것이다. 사랑을 통해 삶의 변화를 가져오고, 미래를 더 아름답게 설계한다. 사랑은 결코 버려질 마음의 막돌이 아니라 아름답게 보관되어야 할 보석이다.

비록 막돌일지라도 나는 언제나 끊임없이 보석과 같이 연마하고 다루는 마음의 여유를 갖는다. 그 속에 나의 삶과 추억을 묻어 두고 흐뭇하게 웃어 보이며 꺼내 볼 수 있기 때문이다. 사랑은 나의 영롱한 기억거리이고, 삶의 그림이다.

믿음

믿음은 유연하고 부드럽고, 자연적이고, 가장 인간적인 마음에서 우러나오는 견고함, 의지, 기대, 소망으로 오로지 마음의 풍향에 따라서 향방이 달라진다. 완전하고 순전한 믿음은 예수님을 향한 마음이고, 생명이 있는 부활의 믿음이다. 또한, 완전한 믿음은 하나님에 대한 확고한 믿음으로 죽음을 이기고 생명을 얻은 믿음이다. 믿음은 사랑하는 마음에서 나오는 고결한 밑거름이고 초록빛이 촉촉한 새싹과도 같다.

오늘 나는 말씀을 통해서 믿음을 소생시키고 생명을 얻었다. 그건 바로 사랑이었고, 감사의 마음이었다.

세상에는 잡다한 사랑도 믿음도 많지만, 진실한 사랑과 믿음은 많지 않다. 이것이 우리를 새롭게 이끌고 꿈을 키우고 기쁨의 통로가 된다. 허튼 사랑, 빗나간 믿음이 우리를 힘들게 해도 우리에게는 희망이 있고 꿈이 있음을 확신하고 그 길을 끊임없이 찾아가야 한다.

길에는 물길도, 뭍길도, 믿음의 길도, 사랑의 길도, 크고 넓은 절망의 길도, 좁고 험한 희망의 길도 있다. 우리는 어떤 길을 택하느냐에 따라 영광의 길로 간다. 그 중에도 믿음의 길, 사랑의 길에는 하나님의 뜻이 담겨 있는 영원한 길이다.

감사

우리에게 완전한 감사란 시련과 고통에서 터득된다. 질고를 당하는 가운데 기적이 보이고, 희망이 보이고, 우리 마음에서 하나님에 대한 감사가 터지고, 은혜가 강물처럼 흐른다. 아무리 어려운 일일지라도, 척박한 마음일지라도 작은 사랑이 눈물이 되고, 보잘것없는 감동이라도 가슴에 걸려지고, 스치고 지나면 언제나 감사가 따른다. 오늘도 작게 베푸는 것으로 감사의 잔잔한 물결을 일으킬 수 있다면, 그건 단순한 감사가 아니라 변치 않는 감사로 오래오래 이어진다.

감사는 많이 있어도 세상을 바꾸고 인간의 마음을 파고드는 절대적인 감사는 많지 않다. 순간뿐이고, 한 때뿐이지만, 곧 잊히지 않고 감동을 주는 감사는 사랑과 같이 삶과 대칭되는 일상에서 일어난다.

감사합니다. 감사합니다. 눈물이 나도록 감사하다는 말을 해도 감사는 삶에서 늘 부족하고 또 부족한 것이다. 내 삶의 옷깃을 풀쳐보면 감사 덩어리이고 사랑은 그로 인해 얻어진 잔잔한 물결이다.

그런데 세상은 왜 겉으로 드러 내기 좋아하고 감사하다는 소릴 듣기 원하는가? 감사는 상황이 바뀌면 왜 감사의 영역을 넘어 보잘것없는 천한 마음으로 변하는가? 감사는 진정한 한 번의 감사로 충분하다. 감사는 가슴에 영원한 흔적으로 남는 것이기 때문이다.

📢 네가 가진 게 뭐냐?

오늘 아침 새벽에 시대와 나를 향한 의미심장한 외침이 들렸다.

주께서 모세에게 묻기로 "네가 진정 가지고 있는 것이 무어냐?"

모세는 오로지 지팡이 하나를 가지고 있었고, 이를 이용하여 홍해를 가르는 기적을 이루어냈다. 그리고 과부 선지자 아내가 채주에게 갚아야 할 채무가 많아도 엘리사가 한 병의 기름으로 이웃의 그릇을 빌려 가득 채운 후 팔아서 빚을 갚는 일을 해냈다. 이처럼 가진 게 소소해도 하나님의 말에 의지하면 무어든지 성취해 낼 수 있다

또 한 번의 외침은 "네게 부족한 것이 무어냐?"였다.

넘치도록 많이 가진 자가 자신의 소원대로 이루지 못함은 이룰 수 있다는 확신과 간구와 믿음이 없기 때문이다. 가진 지는 자신의 교만과 구태가 아니라, 간절한 마음으로 바라는 믿음과 겸손을 통해 기적의 열매를 맺는 것이다.

아무것도 소유하지 않은 자라도 하나님의 말씀에 의지하면 기적도 이루어 내고, 세상에 가진 게 아무리 많아도 필요한 것은 오직 확고한 믿음만으로 얻어진다는 외침이 나의 심중에 꽂혔다. 곧 내가 가진 건 하나님의 말씀과 이에 대한 믿음이 전부임을 깨닫게 하였다.

📢 순명

시냇물은 흐를 때 바위나 거침돌을 만나면 옆으로 피해 흘러가듯이 우리는 고난을 만나면 맞서서 대항하며 역류하려는 것이 아니라, 옆으로 피해 순류함으로 거친 세상을 이길 수 있다. 곧 우리가 십자가를 질 수 있음은 세상의 당면한 잘못과 아픔에 눈을 부릅뜨고 바라보는 것이 아니라, 눈을 감고 마음을 순화시킬 때 가장 현명한 길

을 찾게 된다. 이처럼 자신의 십자가를 질 때는 주어진 고통을 고답하게 참고 견디고 이겨내고 명령에 따르는 것만이 우리의 순명(順命)임을 깨달아야 한다. 하나님을 믿고 자신을 희생하며, 인간이 창조될 때부터 부여된 자유의지로 하나님을 기쁘게 따라야 한다. 세상에 거슬러 거부하고 반항하고 자기 뜻만 세우려는 어리석음은 결코 세상을 이겨 낼 수 없다. 사랑도 감사도 우리의 의지만으로는 얻어 낼 수 없다. 오로지 하나님의 사랑 안에서 고난과 병고 앞에 자신의 머리를 숙이고 몸을 낮추고 겸손하게 순종할 때 우리를 세상에서 구하고 이겨 낼 수 있다.

죽음

모든 생물에 죽음이란 당연히 자연스럽고 필연적이다. 그렇지만 죽음이 없다면 어떠할까? 세상은 혼란스럽고, 인간은 오만방자하여 세상을 우습게 알고, 두려움 없이 멋대로 유유자적할 게 틀림없다. 하지만 죽음은 삶의 브레이크 같고, 인생의 과속을 막는 방지턱 같이 자신을 돌아보고 무절제와 교만을 조절하고, 자숙하고 용서하고, 참회할 수 있는 모멘트를 준다. 죽음을 누구는 마지막으로 여기고, 두려워하고, 천대시 하지만, 죽음은 사랑을 깨우쳐 주고, 잘못된 마음을 회복시켜 주고, 참을 수 없는 고통을 이기게 하고, 미움을 돌이켜 기쁨을 주고, 당당한 생각을 심어 준다.

사려가 깊지 못하고 경박한 사람은 죽음의 존귀하고 신성함을 깨닫지 못하고, 비천하게 생각하고, 비하하고, 경멸하고, 비웃고, 의식적으로 외면하고 핀잔을 한다. 나는 그들의 가벼운 생각에 마음이 무겁지만, 언젠가 마음이 병들고 세상이 곤욕스럽고 아프고 유약하여 의지할 곳이 없으면 오직 삶의 끝자락인 죽음에서 편안히 기댈 곳을 찾게 될 것이다. 한창의 나이에 힘들고 절박한 순간에 위로는 내 안에 있는 것이 아니고, 밖에서 웅크리고 기다리는 절명과 귀천에 있다. 매일 남모르게 가슴에 와 닿는 검은 죽음의 그림자가 그토록 아름답게 느껴지고, 고맙게 여겨진 적은 없다. 왜냐하면, 이승의 모든 것을 저승으로 돌려 새로운 삶을 이끌어 낼 수 있기 때문이다. 나는 일상적인 삶을 통해 아름다운 믿음의 꽃을 피우고, 죽음의 열매를 맺길 간절히 사모한다.

플라톤은 죽음이 인생의 끝일지언정 삶의 목표는 아니라고 했듯이 삶의 끝이 죽음이지만, 죽음이 삶의 목적은 아니고, 삶 자체가 목적이자 목표여야 한다. 때문에 죽음을 아는 것이 삶을 올바르게 이해하고 자유롭게 한다. 죽음에 삶의 무게를 실어 주지 않는다면, 삶은 진부한 일상일 뿐이다.

나는 어느 때든 죽음을 피할 생각은 추호도 없다. 언제든 맞이할 준비가 되어 있다. 죽음을 알고 나면, 죽음에 속절없이 겁박당할 거라는 불안에서 벗어날 수 있고, 죽음이 새 생명에 들어가는 통로인 걸 깨닫게 되고, 세상의 모든 굴종과 속박에서 벗어날 수 있기 때문이다. 죽음이 삶을 강취하는 것이 아니라, 삶의 새로운 길임을 알게 될 때, 삶에서 두렵고 해악한 모든 뿌리가 뽑히게 될 것이다.

이렇게 나는 어수룩한 마음을 한 끗의 미안함도 없이 거들먹이며 또 한 권의 산문집 마지막 페이지를 채웠다. 모두 웃음거리로 나를 바라다보고 손가락질할 얼굴들이 생생히 떠오른다. 더 진중하지 못한 짧은 생각, 진부하고 보잘것없는 마음이 곳곳에서 나뒹굴고 있기 때문이다. 그러나 나의 관심은 도대체 어디에 있고, 어떤 것을 택하여야 할지 늘 망설이는 것이 내 실상이다. 나는 삶의 갈림길에서 어리석게 내 앞에 놓인 영광만을 생각하는 졸보이다. 하지만 나는 진심으로 세상 안에 남아 있는 나의 오늘을 매일 '생각하며 사랑하며' 참 아름답고 순수한 마음으로 감사하며, 펼쳐진 하룻길을 여지없이 기쁨으로 따라나선다.

앨범에 기록된 PL-lab 프로그래밍 언어 연구실 얼굴들

- 2000년　　　　　　서희정 결혼, 6월 서희정 생일
- 2001년 8월　　　　신승호 석사 학위 취득
- 2002년 1월　　　　이진수 석사 학위 취득 및 생일
- 2002년 7월　　　　채영진 석사 학위 취득
- 2002년 8월　　　　장주현 대학 졸업 및 생일
- 2003년 2월　　　　안희국 석사 학위 취득
- 2003년 5월, 12월　태백 산행, 화목원과 느랏재, 고탄에서
- 2004년 1월　　　　신승호, 최원순 생일 / 3월 안희국 생일, 휘주 출생
- 2004년　　　　　　안희국 결혼
- 2004년 11월　　　원창수 결혼, 연구실에서의 마지막 단체 사진
- 2005년　　　　　　최원순 석사 학위 취득 / 최원순, 신승호 생일
- 2006년　　　　　　노희영 교수 회갑연
- 2007년 2월　　　　안희국 박사 학위 취득. 1호 박사 탄생
- 2007년 8월　　　　박진식 대학 졸업
- 2008년　　　　　　최경락 결혼
- 2009년 2월　　　　장주현 박사 학위 취득, 2호 박사 탄생(부모님과 함께)
- 2010년 5월　　　　강촌 백두민박에서
- 2010년　　　　　　가을 이진수 결혼
- 2011년 2월　　　　원창수 정보대학원 석사 학위 취득
- 2011년 8월　　　　신승호 3호 박사 학위 취득, 3호 박사 탄생(축하합니다!)

생각하며
사랑하며

펴 낸 날   2019년 9월 6일

지 은 이   노희영
펴 낸 이   이기성
편집팀장   이윤숙
기획편집   이민선, 최유윤, 정은지
표지디자인   이민선
책임마케팅   임용섭, 강보현
펴 낸 곳   도서출판 생각나눔
출판등록   제 2018-000288호
주   소   서울 마포구 잔다리로7안길 22, 태성빌딩 3층
전   화   02-325-5100
팩   스   02-325-5101
홈페이지   www.생각나눔.kr
이 메 일   bookmain@think-book.com

• 책값은 표지 뒷면에 표기되어 있습니다.
  ISBN 979-11-90089-65-4 (03810)

• 이 도서의 국립중앙도서관 출판 시 도서목록(CIP)은 서지정보유통지원시스템 홈
  페이지(http://seoji.nl.go.kr)와 국가자료공동목록시스템(http://www.nl.go.kr/
  kolisnet)에서 이용하실 수 있습니다(CIP제어번호: CIP2019033579).